CONTEMPORÁNEA

Antonio Dal Masetto nació en Intra (Italia) en 1938. Hijo de padres obreros campesinos, su familia emigró a la Argentina en 1950, después de la Segunda Guerra Mundial, para radicarse en Salto. Allí aprendió el castellano leyendo libros que elegía al azar en la biblioteca del pueblo. No es extraño, pues, que el tema de la inmigración tenga una fuerte presencia en algunos de sus textos, como en *Oscuramente fuerte es la vida* (1990, 2003, y que ahora reeditamos en Debolsillo) o *La tierra incomparable* (Premio Planeta Biblioteca del Sur 1994, reeditado por Sudamericana en 2003). En su juventud ejerció oficios tan diversos como los de albañil, pintor, heladero, vendedor ambulante, empleado público o periodista. Su primer libro de cuentos, *Lacre*, 1964, mereció una mención en el Premio Casa de las Américas de La Habana. Recibió dos veces el Segundo Premio Municipal (por *Fuego a discreción*, 1983, y *Ni perros ni gatos*, 1987), y el Primer Premio Municipal y el Premio Club de los XIII por *Oscuramente fuerte es la vida*. También podemos destacar: *Siete de oro*, 1969; *Reventando corbatas*, 1988; *Amores*, 1991, con ilustraciones de Luis Pollini; *Gente del bajo*, 1995; *Demasiado cerca desaparece*, 1997; *Hay unos tipos abajo*, 1998 (llevada al cine). Su novela *Siempre es difícil volver a casa* (1985), primera incursión en el mundo de *Bosque* (Sudamericana, 2001), también fue llevada al cine en 1992. En Sudamericana, además, publicó *El padre y otras historias* (2002), *Crónicas argentinas* (2003) y *Tres genias en la magnolia*, (2005). Durante años fue un asiduo colaborador del periódico *Página/12* de Buenos Aires. Sus libros fueron traducidos al francés, al italiano y al alemán.

Biblioteca

ANTONIO DAL MASETTO

La tierra incomparable

DEBOLSILLO

Diseño de tapa: Lucrecia Rampoldi

Dal Masetto, Antonio
La tierra incomparable - 1ª ed. - Buenos Aires : Debolsillo, 2007.
256 p. ; 19x13 cm. (Contemporánea)

ISBN 978-987-566-296-4

1. Narrativa Argentina. I. Título
CDD A863

Primera edición: agosto de 2003
Segunda edición y primera bajo este sello: julio de 2007

IMPRESO EN LA ARGENTINA

Queda hecho el depósito
que previene la ley 11.723.

Humberto I 531, Buenos Aires.

www.sudamericanalibros.com.ar

ISBN 978-987-566-296-4

Publicado por Editorial Sudamericana S.A.® bajo el sello Debolsillo

A mi hija Daniela

Allá
tras el humo de niebla, dentro de los árboles
vigila la potencia de las hojas,
verdadero es el río que presiona sobre las orillas.
La vida no es sueño.

SALVATORE QUASIMODO

1

Ese lunes —dos días después de cumplir los ochenta años— Agata se despertó y ahí estaba la idea. Se le apareció mientras emergía del sueño y ahora llenaba todo el espacio de su pensamiento.

Todavía con los ojos cerrados, sin moverse, Agata la reconoció y la analizó. No era una idea nueva. Las escasas palabras con que hubiese podido resumirla y expresarla eran las mismas que la habían acompañado durante cuarenta años: desde el momento en que, después de cruzar el océano con sus dos hijos, había desembarcado en el puerto de Buenos Aires, donde la esperaba Mario, su marido, y había comenzado su destino de inmigrante. La idea siguió con ella en ese pueblo de llanura donde se habían radicado y todavía vivía, donde habían trabajado duro y visto crecer a los hijos, y partir a uno de ellos hacia la ciudad, y después los casamientos de ambos, la llegada de los nietos, las navidades que los reunían a todos una vez al año, la muerte de Mario. Y el tiempo había seguido pasando.

La idea estuvo siempre ahí. No era la consecuencia de los sueños de algunas noches, sino el fruto de un letargo y una espera de mucho tiempo, una obsesión elaborada en capas y capas de deseos postergados. Y ahora, esta mañana, la dimensión, el peso de la idea, habían cambiado. Agata sentía que esa vieja conocida se proyectaba más allá de su cabeza y de su cuerpo, la rodeaba y de alguna manera la enfrentaba y le exigía. Era como si la determinación que albergaba la idea viniese desde un espacio ajeno a su voluntad. Como si hubiese madurado por su cuenta y ahora llegara para reclamar cumplimiento, con una urgencia nueva, contundente e imperiosa.

Agata abrió los ojos. Miró el cielo raso y después las paredes rayadas por la luz que se filtraba a través de la persiana de madera. Afuera trinaban los pájaros de siempre. No había demasiadas cosas en aquel dormitorio, ni siquiera eran todas suyas. Muchas pertenecían a sus nietos, Silvia y Sandro. La habitación era una mezcla de testimonios de diferentes etapas y edades. Algunas fotos de cumpleaños, un diploma, un paisaje al óleo pintado por Silvia, banderines, una lámpara con estampas infantiles, un afiche con un esquiador volando sobre la nieve y esgrimiendo una guitarra. Agata consideró esos objetos uno por uno y sintió que la idea reencontrada al despertar proyectaba sobre todo aquello una claridad diferente. No hubiese podido decir en qué variaban ahora esas imágenes. Pero algo había ocurrido. Agata se quedó un rato largo en la cama. Vio cómo la idea crecía todavía más y se fue entregando a la prepotencia —al mismo tiempo dulce y grave— con que se le iba imponiendo.

Después se sentó, se calzó las chinelas, se quitó el camisón y se vistió. Salió de la habitación caminando encorvada, recorrió el pasillo todavía doblada, pero cuando llegó al baño ya había logrado enderezarse. Se lavó, se peinó y fue a la cocina. Se sirvió café en una taza grande, agregó leche y sacó de la heladera una porción de torta que había sobrado del cumpleaños. A través del ventanal vio a su hija Elsa y a su nieta Silvia conversando en el jardín y pensó que debía hablarles.

La mañana se desarrolló con la rutina de siempre. Agata ordenó su habitación, hizo la cama esmerándose para que no quedaran arrugas ni en las sábanas ni en la colcha. Barrió los pisos. Fue a comprar el pan y se demoró en el camino para charlar con una vecina. Lavó tres camisas y las colgó en el alambre del patio, estirándolas luego de colocar los broches. Miró al cachorro blanco que ladraba junto a ella y dijo:

—¿A quién le ladrás, Boni? ¿Me vas a extrañar?

Cortó dos rosas en el jardín y las colocó en un florero. Dio una vuelta alrededor de la mesa del living y acomodó cada una de las sillas que ya estaban acomodadas. Abrió un cajón y buscó el último recibo del banco con el importe de sus ahorros: desde hacía veinte años recibía una jubilación italiana y depositaba en esa cuenta parte de lo que cobraba. Cerca del mediodía salió a la vereda y se quedó con los brazos en jarra mirando hacia el fondo de la calle. Esperaba ver aparecer al cartero. Estaba preocupada porque ese mes el cheque de su jubilación llevaba una semana de atraso.

Silvia la llamó para sentarse a la mesa. Sandro y Julio, el marido de Elsa, habían avisado que no vendrían a almorzar. Después Elsa lavó los platos y Agata los secó. Cuando terminó de acomodar el último en la alacena, Agata se sentó, aceptó el té que Elsa le ofrecía, le echó azúcar, lo revolvió y antes de tomar el primer sorbo dijo:

—Me voy a Italia.

Lo dijo para las otras dos mujeres y también para sí misma. Para exteriorizar la idea que la había esperado al emerger del sueño y para que, al manifestarla en voz alta, tomara cuerpo y forma. Su hija y su nieta la miraron, luego intercambiaron una mirada entre ellas y esperaron. Pero Agata no agregó más. Fue Silvia la que por fin preguntó:

—¿Cómo?

—Lo que dije. Me voy a Italia.

—¿Así? ¿De repente? —dijo Elsa.

—Sí.

—¿Cuándo lo decidiste?

—Ahora.

En ese momento tocaron timbre. Era una amiga de

Silvia. Casi al mismo tiempo sonó el teléfono. Elsa fue a atender. A través de la ventana, Agata vio partir a su nieta con la amiga en una moto. La charla de Elsa en el teléfono se prolongó y Agata la oyó formular algunas preguntas con tono de incredulidad y después levantar la voz. Cuando Elsa regresó a la cocina no aludió al tema del viaje y Agata pensó que aquel llamado la había dejado preocupada o no había tomado en serio lo que acababa de anunciarle.

Fue al dormitorio, abrió un cajón, sacó un sobre con viejas fotos de cuando ella era joven, con Mario y con sus hijos chicos, y se puso a mirarlas. Guardó el sobre, se quitó los zapatos, colocó dos almohadas y se recostó boca arriba para hacer una corta siesta. Cuando se levantó dio una vuelta por la casa y constató, como lo hacía cada día, que en el primer estante de la vitrina, en el cenicero de bronce, estuvieran todas las llaves que debían estar. Cada vez que pasaba junto a la mesa del living arreglaba el mantel y volvía a acomodar una silla. Salió al patio, descolgó las camisas tendidas y se puso a planchar. Trabajaba de memoria, pensando en lo suyo, con movimientos pausados, económicos y precisos, guiados por el surco invisible de años y años de planchado. Terminó y se sentó afuera, en el jardincito del frente de la casa. Pasaron algunas conocidas, la saludaron y ella contestó levantando la mano. Bajó el sol y el cielo se puso rojo al fondo de la calle. Contra ese rojo se destacaban nítidos los perfiles oscuros de las casas. Agata pensó: *"Rosso di sera, bel tempo si spera"*. Después se encendieron los faroles. Entonces Agata entró, porque había empezado a refrescar. Y todo el tiempo la idea iba con ella.

En la cocina estaban Elsa, Julio y los dos nietos. Cuando vio entrar a Agata, Julio le preguntó si se acordaba de cierto cordero que había traído a la casa recién nacido. Cómo no se iba a acordar, dijo Agata, no hacía tanto tiempo. Lo habían tenido ahí durante algunas semanas, ella se encargaba de alimentarlo con mamadera y el animal la seguía a todas partes como si fuese la madre. Ahora el cordero estaba en una chacra por donde Julio había pasado esa tarde, se había criado junto con los perros y actuaba como ellos. Cuando salían a recibir a alguien que llegaba, también el cordero corría y movía la cola igual que los perros. Todos rieron con aquella imagen. Hubo una pausa y Silvia, eligiendo el momento y calculando el efecto, dijo:

—La abuela se va a Italia.

Ahora les tocó a Julio y a Sandro el turno de sorprenderse.

—¿En serio? —preguntó Julio.

—Sí —dijo Agata.

—¿Cuándo? —preguntó Sandro.

—Pronto —contestó Agata.

—Dice que lo decidió esta mañana —dijo Elsa.

Julio, incrédulo, rió.

—¿Ya averiguó cuánto sale el viaje?

—No, pero con mis ahorros me va a alcanzar.

Julio siguió bromeando y riendo, pero al ver la seriedad de Agata, se serenó y volvió a preguntar:

—¿Cómo piensa ir?

—Como todo el mundo, en avión —dijo Agata.

—Está bien, en avión, pero ¿quién la va a acompañar?

—Voy sola.

—¿Cómo va a ir sola a su edad?

—¿Por qué no?

Acá intervinieron todos y cada uno opinó. Ya nadie bromeaba. Las objeciones mayores venían de parte de la hija y del yerno: el viaje era largo y complicado, no se trataba solamente del avión sino de lo que vendría después, de cómo se movería en Roma, de cómo llegaría hasta el pueblo de Tarni; había que tomar trenes, ómnibus, ¿dónde se iba a alojar?, ¿quién se haría cargo de ella? Los nietos, en cambio, aceptaron la decisión de Agata y defendieron el proyecto con entusiasmo.

—Eso se arregla —decían—, hay que planificar.

—¿Planificar qué? —decía Julio—. Tiene ochenta años, ¿qué hacemos con planificar?

Se olvidaron de Agata y comenzaron a discutir entre ellos. Aquello duró. Las voces subieron de tono. Agata los escuchó en silencio y, cuando finalmente se acabaron los argumentos a favor y en contra y los cuatro callaron, dijo:

—Yo voy.

2

Agata escribió dos cartas a Tarni. La primera a su amiga Carla. Con Carla habían compartido todo lo que se puede compartir: los primeros bailes cuando eran adolescentes, el trabajo en las fábricas, los casamientos de ambas, la llegada de los hijos, los miedos de la guerra. Después de la partida a América habían mantenido una correspondencia espaciada, que con el tiempo se redujo a tarjetas navideñas de pocas líneas, deseos de felicidad y menciones de nacimientos y fallecimientos.

La otra carta fue para su sobrina Elvira, hija de su único hermano, Carlo. Habían comenzado a comunicarse después de la muerte de Carlo, ocurrida hacía quince años ya, y también con ella las cartas fueron sustituidas rápidamente por las tarjetas de fin de año.

Ambas contestaron. Carla alegrándose por la posibilidad del reencuentro y detallando las tribulaciones de una dolencia que la mantenía casi inmovilizada. Elvira, diciéndole que la esperaba, que podría quedarse con ellos durante su estadía en Tarni, que la casa no era grande pero ya verían cómo acomodarse.

Mientras tanto Elsa envió una carta a Roma, a Sor Verónica, una monja italiana que había estado varios años en la

Argentina y una larga temporada ahí, en el pueblo, en el colegio de la orden de Santa Teresa. Elsa era profesora en ese colegio. A Sor Verónica la habían trasladado a la central de Roma, con el cargo de directora. Un par de compañeras de Elsa habían viajado tiempo atrás y habían parado en el convento, porque funcionaba además como pensión para pasajeras. También la monja contestó. Seguía en el cargo y se ofreció para esperar a Agata en el aeropuerto de Fiumicino. Pasaría un par de días o los que quisiera con ellas, en el convento, y cuando decidiera seguir viaje la ubicarían en el tren que la llevara a Tarni.

A partir de ahí, en los días de Agata comenzó a moverse un engranaje cuya aceleración fue aumentando a medida que pasaban las semanas. Sus horas se llenaron de actividad, expectativa y de una callada impaciencia que ella se permitía compartir con los demás solamente a medias. Descubrió que prefería estar sola con ese gran acontecimiento. Ahora, todo lo que ocurría, aun los mínimos y repetidos gestos diarios, se cargaba con un sentido nuevo. Cada despertar, cada charla, encuentro, noticia, eran eslabones tendidos hacia la fecha en que tomaría el avión, el primero de su vida, para cruzar el océano y volver a las calles y las montañas de Tarni.

Agata viajó a Buenos Aires y estuvo un par de semanas en casa de su hijo Guido. Renovaron el viejo pasaporte y averiguaron precios de pasajes y fechas de vuelos. En este ir y venir por ascensores y oficinas, Agata revivió el trajinar de otros días, hacía años, cuando tramitó su jubilación italiana. Entonces le había tocado someterse a un largo peregrinaje por los pasillos del Consulado, llenar formularios, soportar colas y antesalas. Había sido una tarea ingrata y prolongada, pero le había permitido descubrir que, si bien aquél era un territorio que desconocía e inclusive la intimidaba, una vez embarcada en la aventura podía manejarse con firmeza, era capaz de insistir y volver a insistir y no abandonar hasta conseguir los informes que necesitaba. Así fue como un día le llegó el primer cheque. Eran las pequeñas sumas que había ido separando y ahorrando las que ahora le posibilitaban costearse el viaje. Pensaba mucho en los trámites de su jubilación porque le parecía que éstos, los de hoy, eran una continuación de aquellos otros, y que ya desde entonces, aunque ella no lo sospechara todavía, había comenzado a tomar forma la posibilidad del regreso.

La diferencia consistía en que ahora no tropezaba con mayores demoras ni dificultades. Aunque su hijo protestaba y no paraba de decir que los empleados del Consulado Italiano eran los más ineficientes del mundo, Agata sentía que en realidad todo se resolvía demasiado fácil. Al finalizar un trámite miraba incrédula a Guido y le preguntaba:

—¿Ya está?

—Listo —decía él.

Esto la sorprendía agradablemente, aunque, al mismo tiempo, esa celeridad la desilusionaba un poco. La asombraba que, frente a una decisión tan significativa, las cosas resultaran así de sencillas.

—¿Listo? —volvía a preguntar Agata al retirarse de otra ventanilla.

—Ya está —decía Guido.

Después de las cartas enviadas y contestadas, después de los trámites, establecida la fecha de partida, sólo quedaba esperar que siguieran pasando los días. Agata compró una valija y comenzó a separar la ropa que llevaría. También compró un despertador para el viaje. Y regalos.

Algunas conocidas, vecinas, amigas de Elsa, le hacían más o menos la misma pregunta:

—¿Cómo se siente al volver después de tantos años?

—No sé —contestaba Agata.

Y evitaba seguir hablando del tema porque realmente no sabía cómo se sentía. Sonreía pudorosa cada vez que Sonia, una tía de Julio, venía a visitarla y se ponía solemne y soltaba frases importantes sobre el regreso a la patria y al pueblo natal. Alguien sugirió que deberían organizarle una fiesta antes de la partida, pero Agata se negó, argumentó que le faltaba preparar todo, que tenía mucho que hacer. Aunque en realidad sus cosas estaban listas desde hacía rato.

—¿Qué se siente? —insistían los demás.

Al quedar sola, Agata se formulaba la misma pregunta y seguía sin encontrar respuesta. Se suponía —por lo menos eso parecían pensar todos— que una cosa grande y única le debería estar pasando. Y tal vez tuviesen razón. Pero, por ahora, lo único que Agata experimentaba era una sensación de extrañeza que no hubiese podido definir. Se sentía como suspendida en una zona de vacío, ante la inminencia de algo que aún no tenía forma. Por lo tanto prefería aislarse con su espera, no permitir que la distrajeran, disfrutar de esa novedad. En la cocina, en el ritual del café matutino, junto al ventanal que daba al jardín, se descubría estudiando el lento movimiento de sus propias manos: levantando la taza, tomando la cucharita, acariciando el mantel. Se quedaba así, prestando atención al silencio, entregada y dispuesta como en una ceremonia religiosa, y aguardaba que aquello que aún no podía nombrar se revelara.

3

En esos días —faltaba una semana para partir— Agata se puso a pensar en algo que la venía preocupando. Después de darle vueltas y vueltas al asunto llamó a su nieta Silvia y le dijo:

—Necesito que me hagás un favor. Quiero que me ayudés a dibujar un mapa.

—¿Un mapa de qué?

—De Tarni.

—¿Para qué?

—Quiero tener un mapa antes de viajar.

Después de almorzar fueron al garaje, donde había una mesa grande y buena luz. Silvia desplegó una hoja de papel para dibujo y la aseguró con cuatro tachuelas.

—¿Por dónde empezamos? —preguntó.

Agata pensó un poco y comenzó a guiarla:

—El pueblo está junto al lago. A cada costado del pueblo hay un río, los dos desembocan en el lago.

Silvía trazó algunas líneas:

—¿Así?

—Más grande —dijo Agata—; no va a entrar todo lo que quiero poner.

Silvia borró y volvió a dibujar, ocupando toda la hoja.

—Esta raya es la orilla del lago —dijo—, éstos son los ríos, este cuadrado es el pueblo. ¿Está bien?

—Tan grande no —dijo Agata—, mi casa está afuera del pueblo, no queda lugar para ponerla.

Silvia borró otra vez. Al tercer intento Agata estuvo satisfecha.

Siguieron con los puentes, el puerto sobre el lago, la plaza principal, la plaza del mercado, las iglesias, el colegio, las fábricas, el municipio, el correo, el cementerio, el cine.

—Acá nace una calle ancha que sube y pasa por mi casa.

—¿Por dónde está la casa?

Agata apoyó un dedo sobre el papel y lo fue deslizando despacio, mientras murmuraba, calculando la distancia:

—Más o menos por ahí.

Silvia dibujó un rectángulo.

—Bien —dijo Agata—. Frente a la casa está el terreno. Al fondo del terreno está el nogal.

A medida que avanzaban, sus recuerdos se afinaban y las indicaciones se volvían más precisas. Había comenzado impulsada por la necesidad de fijar en el papel un minucioso mapa de Tarni, quería registrar todo lo que pudiera, un muro, un árbol, un terreno, una roca, una curva en determinada calle, un sendero, una valla. Ahora, mientras dictaba, le parecía que, de haberlo querido, aquel mapa no tendría fin. Podía recuperar detalles mínimos, accidentes del paisaje, arbustos, nudos en los troncos, grietas en las paredes, nidos en las ramas. Y, después, al paisaje, sumarle acontecimientos, experiencias vividas en cada sitio. Ahí pasó esto, allá esto otro, un encuentro, un susto, el vuelo de un pájaro, una tormenta. Cosas que la costumbre o la sorpresa habían grabado en su memoria alguna vez y que ahora, en esta reconstrucción, volvían inesperadas y nítidas como si hubiesen ocurrido ayer.

Silvia marcaba círculos, cuadrados, cruces. Escribía al lado o los numeraba y anotaba el significado en el borde inferior de la hoja.

—Acá hay una fuente, acá una capilla, acá está el pozo donde los chicos iban a bañarse en verano, acá el puente de hierro, acá la casa de mi amiga Carla, acá un tabernáculo con la estatua de una virgen y un ángel, al ángel le falta un brazo, se lo arrancó una bala.

—Muchas de esas cosas seguro que no están más —decía Silvia.

—No importa, anotá todo.

Un par de veces, intrigada, Elsa se asomó a la puerta del garaje. Desde ahí, estirando el cuello, espió a su madre y a su hija y se retiró sin preguntar nada.

Agata y Silvia trabajaron hasta el atardecer. Habían encendido la luz. Agata, sentada en su silla, el mentón en la mano, la mirada vuelta al cielo raso, hizo una larga pausa y Silvia preguntó:

—¿Ya está? ¿Terminamos?

—Por ahora me parece que sí.

Silvia se fue a mirar televisión. Agata se quedó estudiando el mapa. Un rato después se asomó al living y llamó a la nieta:

—Quiero agregar otras cosas.

Volvieron juntas al garaje.

—Acá había una casa de tres pisos que bombardearon durante la guerra y después reconstruyeron, acá está el bar donde los fascistas le pegaron a mi padre, acá fue donde me mordió un perro, acá está la Fontanina donde íbamos a lavar la ropa.

Suspendieron cuando Elsa las llamó para cenar.

Agata no regresó al garaje esa noche. Pero en la cama siguió pensando en el mapa y se dio cuenta de que había pasado por alto muchos detalles importantes. Por la mañana volvió a la carga.

—¿Más? —dijo la nieta—. ¿Para qué? Viajás dentro de diez días. Te acordás de todo. Si estas cosas todavía existen, las vas a encontrar; si desaparecieron, ya te vas a dar cuenta.

—Vos anotá.

Así que volvieron a encerrarse en el garaje. Para hacer más comprensible aquella acumulación de señales y nombres, Silvia había comenzado a utilizar marcadores de diferentes colores. De vez en cuando, impaciente, insistía:

—Explicáme para qué todo este trabajo.

A Agata no le resultaba fácil explicar. Ante la inminencia de la partida, había comenzado a obsesionarla la idea de que aquello habría cambiado mucho, tanto que al regresar encontraría muy poco de lo que había dejado. Temía que, cuando se enfrentara con el pueblo, la nueva geografía que seguramente la esperaba empezara a ocupar los espacios de su memoria, suprimiendo las imágenes que había conservado durante tantos años. Había pensado en el mapa como una mínima garantía de preservación. Un par de veces, ante las preguntas de Silvia, estuvo por contarle. Pero siempre la frenaba el pudor de estar revelando una actitud infantil.

Durante dos días más siguieron los agregados. Por fin Agata se consideró satisfecha. Dijo:

—Ahora está bien.

Silvia se fue y Agata quedó sola en el garaje. Cerró la puerta que daba al patio, se sentó y se puso a recorrer el mapa una vez más. Era como si el regreso ya hubiese comenzado. Oscureció y seguía en el garaje. Elsa vino a preguntarle si pensaba quedarse ahí toda la noche. Agata dobló el mapa y fue a guardarlo en su habitación. Al pasar por la cocina oyó la voz socarrona de Julio:

—¿Qué lleva ahí? ¿Se puede ver?

Agata siguió de largo sin contestarle.

4

La última semana pasó como una ráfaga. Y llegó la mañana en que Julio fue a buscar la valija al dormitorio de Agata y la colocó en el baúl del coche. Mientras salían hacia la ruta que los llevaría a Buenos Aires y luego al aeropuerto, Agata recordó el lejano día de su llegada a ese lugar. Recordó las primeras imágenes, en la estación, cuando el tren se detuvo después de avanzar durante horas a través de una llanura siempre igual: el andén gris, grandes galpones de chapa, un hombre de a caballo junto a las vías. Después, el coche de alquiler en el que habían cruzado el pueblo desconocido, chato y de aspecto triste en la bruma invernal. Recordó las casas bajas, los árboles, los negocios, los carteles escritos en el idioma nuevo, la manera ansiosa en que ella miraba a través de las ventanillas cerradas y el tono en que su hijo Guido, que iba sentado a su lado, le había preguntado: "¿Te gusta?".

Poco a poco se había ido acostumbrando al pueblo.

Ahora lo estaba cruzando en otro coche, por la misma avenida. Habían pasado cuarenta años, partía. Después de tanto tiempo, volvía a mirar esas calles con los ojos asombrados y la distancia de una extranjera.

5

En el aeropuerto estaban todos: Elsa, Julio, Silvia, Sandro, Guido y sus hijos Juliana y Adriano. Despacharon la valija. Sandro sacó fotos. Le pasó la máquina a Juliana y quiso posar solo con Agata. La abrazaba y hacía muecas hacia la cámara. Agata sonreía. Los cuatro nietos no paraban de bromear. Elsa y Guido estaban serios. El más emocionado parecía ser Julio que, aunque reía, tenía los ojos húmedos. Se oyó una voz por los parlantes y Guido dijo:

—Llegó la hora.

Después de los besos, los abrazos y las últimas recomendaciones, Agata sorteó el control, anduvo un trecho corto, se dio vuelta, levantó el brazo, siguió y se enfrentó con una escalera mecánica. Les tenía miedo a las escaleras mecánicas. A veces, cuando iba a la Capital, Guido, sólo para bromear un poco, había tratado de convencerla de que subiera por alguna pero ella siempre se negaba. Ahora se quedó ahí, indecisa ante ese primer e inesperado obstáculo. Giró la cabeza, como buscando ayuda. Vio a su familia entre la gente, del otro lado de la valla, y le pareció que también ellos estaban desconcertados y se consultaban unos a otros. Le hacían señas, intentaban decirle algo, pero ella no entendía qué. Alguien, una mujer, la tomó del brazo y la impulsó a dar el paso inicial. Agata se animó, adelantó un pie con temor, la escalera se la llevó, sintió que se iba de espaldas, pero la desconocida la sostuvo. Instalada en el escalón, se mantuvo rígida, sin moverse, preocupada por su estabilidad y por cómo saldría al llegar arriba. La mano anónima la sujetó del codo y la sacó de aquel suplicio. De nuevo sobre piso firme, Agata miró hacia abajo buscando a los suyos, pero ya no pudo verlos. Siguió a los demás pasajeros e ingresó en un gran salón con sillones. El techo era alto y el rumor de las voces sonaba como un zumbido. A través de los ventanales se veían la pista y los aviones. Agata averiguó y le dijeron que todavía faltaba un rato para embarcar. Se sentó en uno de los sillones, juntó las manos sobre las rodillas y se puso a esperar. Sintió que detrás de ella se había cerrado una barrera y que ahora sí estaba sola y desconectada de todo.

Hubo movimiento en el salón, Agata se levantó, preguntó, se colocó en la cola, traspuso una puerta, ingresó en un gran tubo, contestó el saludo de una muchacha uniformada y sonriente, y estuvo en el interior del avión. Con su pasaje en la mano trató de avanzar por el pasillo, después se detuvo, perdida en la confusión de los pasajeros que no terminaban de acomodarse. Una azafata la rescató y la guió. La ubicó en una de las filas de asientos centrales, entre dos mujeres. Agata agradeció, se disculpó con las vecinas, logró instalarse y entonces se sintió más tranquila y se dedicó a mirar alrededor. A través de la ventanilla veía un ala, la pista y, lejos, una línea de árboles, oscuros en la última luz de la tarde.

Después el avión comenzó a moverse y a Agata le pareció estar dentro de una de las tantas películas que había visto en la televisión. La voz del capitán saludando a los pasajeros, los gestos de la azafata acompañando las instrucciones del monitor, las prevenciones en caso de descompensación, las salidas de emergencia. Agata intentó colocarse el cinturón de seguridad y su vecina de la izquierda, viendo que no acertaba, le enseñó cómo funcionaba:

—Para quitárselo sólo tiene que apretar acá.

Agata se lo abrochó y desabrochó varias veces para asegurarse de que había entendido el mecanismo.

El avión seguía desplazándose lento, pareció detenerse, hubo un repentino ruido de turbinas, volvió a moverse, fue tomando velocidad, más velocidad, del otro lado del vidrio el paisaje desapareció, adentro hubo como un gran respiro y Agata supo que estaban volando.

La vecina de la derecha era una mujer sesentona que, ni bien tomaron altura, comenzó a hostigar a la azafata con pedidos raros y a quejarse. Le hablaba con autoridad y, le pareció a Agata, también con desprecio. Se notaba que era una experta en viajes en avión. Dijo refiriéndose a las azafatas:

—Son unas incompetentes.

La convidó con un caramelo, le contó que tenía algunas hectáreas de campo en la provincia de Córdoba y que viajaba todos los años a Italia para visitar a un hermano internado en un asilo de ancianos. Después se colocó los auriculares y entrecerró los ojos.

La otra mujer, la de la izquierda, se llamaba Isabel. Era amable. Le preguntó a Agata si viajaba sola. Agata le explicó que volvía a su tierra por primera vez. A la mujer le pareció un acontecimiento extraordinario y giró hacia el hombre sentado a su lado para informarle. El hombre se mostró tan asombrado e interesado como la mujer. Le dieron charla y también ellos terminaron preguntando qué se sentía al regresar después de tanto tiempo. Igual que otras veces en las últimas semanas, Agata sonrió y contestó:

—No sé, todavía no sé.

Las azafatas repartieron unas medias con plantilla y Agata no supo qué hacer con ellas. Vio que su vecina Isabel se quitaba los zapatos y se las calzaba:

—El viaje es largo, así se está mejor.

La vecina de la derecha, en cambio, dijo:

—Yo no me saco los zapatos, porque los pies se hinchan y después es peor.

Agata lo pensó, se descalzó, se agachó y trató de colocarse esas pantuflas. Isabel la ayudó. Agata quedó satisfecha y dijo:

—Son cómodas.

Comenzaron a servir la cena y la mujer de la derecha pidió algo que no había y volvió a quejarse. Se inclinó hacia Agata:

—Mírelas empujando ese carrito. ¿Usted haría ese trabajo? Son nada más que siervas bien uniformadas.

Agata no tenía hambre; probó un bocado de cada bandeja, por curiosidad. Llegó a la conclusión de que no le gustaba nada, ni siquiera el pan. Terminada la cena hubo un poco de agitación, los pasajeros iban y venían, algunos conversaban parados en los pasillos. Isabel le enseñó a reclinar el asiento, a colocarse los auriculares y a manejar los botones del pequeño tablero del apoyabrazos. Agata jugó con esos botones: música clásica, música moderna, una voz hablando en italiano, otra en inglés. En el cielo, en el avión, estaba aprendiendo muchas cosas nuevas. Pensó en todo lo que tendría para contar cuando regresara. Después, el movimiento se fue aplacando, la luz se atenuó y llegó un momento en que el pasaje entero parecía haberse dormido. Sólo quedó ese rumor difuso en el que estaban sumergidos y el ojo del monitor que marcaba la temperatura exterior, la hora del punto de origen y de destino, la altura y la velocidad. Una pequeña silueta de avión iba desplazándose sobre un mapa, marcando la ruta: Montevideo, Porto Alegre, San Pablo.

Agata no quería dormir. En ella persistía el mismo sentimiento de estupor que la había asaltado en el salón del aeropuerto, antes del embarque. Miraba las nucas, los cuerpos abandonados en la claridad mortecina, los ojos cerrados y sentía que, igual que ella, dormidos o despiertos, ahora cada uno estaba solo, perdido en una dimensión extraña. Sentía que el avión era un lugar neutro, de tránsito, un paréntesis donde el tiempo había dejado de existir. Todo quedaba postergado.

Ahora no había más que espera. Y le parecía que esa espera podía durar horas o meses. Suspendida entre el punto de partida y el de llegada, Agata trataba de ordenar sus ideas y convencerse de que realmente estaba volviendo.

Había colocado la cartera en el piso, entre sus pies. La tomó, sacó su pasaporte y lo abrió. Ver su nombre fue recuperar una señal donde apoyarse. Lo leyó varias veces y cerró los ojos. El eco mental de su nombre era una repetición que se le imponía sin que la buscara, sin que la provocara, y resonaba como una afirmación. Creyó saber que en esa zona blanca, en ese vacío donde se encontraba, era lo único que en realidad le quedaba. Se aferró a él como a un ancla. Tuvo la percepción, física, palpable, de que, sujeta a ese asiento, entregada, pequeña, frágil, ella era, como nunca, la concentración de su historia. Desde los muchos años que precedían ese momento, su historia venía a visitarla y se instalaba ahí, en ese ámbito monótono, en algún punto del cielo. Su historia entera, viva en su sangre y en sus huesos, apresada y retenida como se encierra fuertemente algo en un puño.

No quería dormir. Estaba fascinada por el monitor donde la pequeña silueta alada seguía ganando espacio con mínimos desplazamientos intermitentes. Acababan de dejar atrás Río de Janeiro.

El avión comenzó a temblar. Se oyó la voz de la azafata pidiendo que se ajustaran los cinturones y en el pasaje hubo una silenciosa agitación. Ahora estaban despiertos, atentos a los sacudones. Se percibía la lucha de la gran caja metálica contra la embestida de las fuerzas que la atacaban. Era como si el avión avanzara a los tumbos por un camino poceado, azotado por una furibunda granizada. Aquello duró un tiempo largo.

Volvió la calma y Agata se concentró una vez más en el mapa del monitor. De tanto en tanto la silueta avanzaba algunos milímetros. En algún momento tocó, cruzó y luego superó la línea que marcaba el límite de la zona de tierra, y pasó del color verde al gran espacio azul del océano. Entonces a Agata la invadió una sensación de vértigo, como si acabara de saltar al vacío, y sintió que ahora sí había comenzado la etapa decisiva, la travesía. Pensó que estaba viajando hacia el pasado a diez mil metros de altura y a mil kilómetros por hora.

Tuvo un recuerdo. Le vino a la memoria la primera radio que compraron, después de su llegada a la Argentina. Fue un gran acontecimiento, una forma de descubrir y conocer ese mundo nuevo. Pero también una posibilidad, así lo pensaron, de volver a conectarse con aquel otro que habían abandonado. Reunidos alrededor del aparato, Mario, ella y los chicos sintonizaban onda corta y movían el dial adelante y atrás tratando de encontrar alguna estación italiana. Cada noche, después de cenar, se dedicaban a esa búsqueda. Sólo habían logrado escuchar ruidos, a veces otros idiomas, pero nunca el suyo. En aquellos tiempos no recibían noticias más que por alguna carta espaciada, no sabían nada de lo que sucedía del otro lado del océano. Después, con el correr de los años, hubo muchos cambios. Últimamente, la televisión brindaba espectáculos, discursos, deportes, festivales, simultáneamente con las emisiones en su tierra. Agata se había acostumbrado y había disfrutado de esas maravillas de la técnica. Pero ahora, en el momento del regreso, descubría que el avión era otra cosa. Descubría que la velocidad le estaba robando algo importante. Le impedía desandar y recuperar. La privaba de la posibilidad de un regreso lento, donde todo se revirtiera, y se produjese el acercamiento a su mundo perdido en los términos y en el tiempo en que se había producido el alejamiento. Aquel viaje en barco, aquel desprendimiento, había durado veinte días. Después, la ausencia, cuarenta años. Y ahora bastaban unas pocas horas de avión para regresar de un salto al punto de partida. A Agata esto le sonaba como una traición.

6

Agata volvió a cerrar los ojos y, consciente de estar suspendida en la noche, alta, bajo las estrellas, viajando hacia el este, trató de recordar la otra travesía, en sentido contrario, allá abajo, por ese océano ahora invisible. También aquella vez, durante meses, la única meta había sido partir.

Un mediodía soleado están en Génova, ella y sus dos hijos, Elsa y Guido, viendo el mar por primera vez, recorriendo el puerto, deteniéndose ante los puestos que venden ostras y pescado frito, visitando el muelle donde está amarrado el barco que abordarán al día siguiente. El nombre del barco es *Buenos Aires*. Todavía deben presentarse para un último control, en un edificio claro, con un escudo sobre la puerta y un gran patio al frente. El patio está colmado de gente que, como ellos, espera ser llamada. Hay un árbol de nísperos. Guido trepa, arranca y arroja los frutos. Otros chicos, abajo, los reciben. Esa noche duermen en una pieza de hotel cuya ventana da a los techos y más allá se ven las luces del puerto. Ya es el día siguiente. Se levantan temprano. Con los bultos despachados, los últimos trámites realizados, los papeles en regla, consumen el tiempo que les queda caminando por las calles cercanas, sin alejarse, regresando cada tanto al muelle donde embarcarán alrededor del mediodía. Mucho antes de la hora en que han sido citados, todos los que van a partir están reunidos cerca del barco. Por fin llega el momento. Después de trepar por la pasarela y ser guiados hasta los camarotes, los que emigran vuelven rápido a cubierta y permanecen asomados a la borda. El barco se separa lentamente del muelle y es como si todos y todo —ellos, el aire, el cielo— contuvieran el aliento y alrededor se hiciera un gran silencio. Sin embargo hay mucho ruido. Una banda de música los despide desde tierra. El muelle se les escapa, se van, se alejan. Muchos lloran, mujeres y hombres. Los gritos de despedida intentan sobreponerse a la música y a la distancia que se agranda: adiós, hasta pronto, escriban, un beso a mi hermana. Casi de inmediato suena una campana y los camareros avisan que deben bajar al comedor para almorzar. Agata tiene la impresión de que se trata de una maniobra planeada para arrancarlos de la cubierta, para establecer una barrera y mitigar la conmoción de la partida. Cuando vuelven a subir ya no ven más que agua y una costa lejana a la derecha. "Eso debe ser Francia", dice alguien. En una de las valijas Agata guardó una bolsita con tierra del jardín de su casa de Tarni. Pero todavía no es tiempo de recordar. Por ahora sigue apresada en el mismo silencio que la envolvió al dejar el muelle, un estupor que anula toda posibilidad de reflexión. "Aquella debe ser la costa de España", dice alguien más tarde. Hay gente de todas partes, del sur y del norte de Italia. Los camarotes de los del norte están separados de los del sur. Las mujeres están separadas de los hombres, aun los matrimonios. Saben que en la parte de arriba del barco está la primera clase. Tienen prohibido el acceso a esa zona. Llegan a Las Palmas, única parada antes de la gran travesía. Algunos botes flanquean el barco y lo acompañan cuando entra a puerto. Desde los botes, chicos negros piden que les tiren comida. "Italianos buenos, italianos buenos", les gritan. Los marineros advierten a los emigrantes que no arrojen nada, está prohibido. Pasan algunas horas en tierra, recorren los puestos donde se venden juguetes, especialmente muñecas. Aprovechan para mandar las primeras cartas, las primeras postales. Un romano descuidado arroja al buzón, junto con las cartas, el sobre donde guarda el pasaporte y toda su documentación. Es domingo y no hay dónde acudir para que abran el buzón. El barco partirá a la hora establecida. El pasaje está asomado a la borda. A último momento, cuando los marineros ya están por retirar la pasarela, ven llegar al romano en un taxi, agitando sus papeles. Algunos aplauden y otros le dan la mano y lo felicitan. Después siguen días y días donde sólo hay cielo y agua. El barco avanza, es firme, seguro, los alberga. Agata se somete a esa tregua. La comida es abundante. Después de los años de guerra, de las privaciones, del miedo, de las muertes, es bueno abandonarse. No hay mucho para hacer: ordenar las cuchetas y lavar la ropa por la mañana, sentarse en cubierta por la tarde, charlar: a mí me espera mi marido, a mí un tío, a mí un hermano, a mí nadie. Se van estableciendo grupos. Los hombres juegan a las cartas. A Agata nunca le ha pasado permanecer tanto tiempo ociosa, nunca le han servido el desayuno, el almuerzo, la cena. Se siente tratada como una señora rica. Uno de los emigrantes se descompuso desde que zarparon, no abandona la cucheta, no puede comer, vomita, no soporta el barco. Lo trasladan a la enfermería y no lo vuelven a ver. El capitán se encariña con Elsa, y algunas veces la lleva a almorzar con él, a la mesa de los oficiales. En Buenos Aires lo espera una hija que tiene la misma edad de Elsa, y para quien compró una gran muñeca en Las Palmas. Dos frailes suelen sentarse con Agata. Uno es un hombre maduro, gordo y rojo. El otro es jovencito, muy flaco, transparente. El fraile gordo lo reprende porque nunca quiere comer. "No obedece", le dice a Agata. El destino de los frailes es un lugar llamado Santiago del Estero. El fraile gordo habla mucho con Guido, le enseña palabras en latín, le regala un libro, comenta que es un chico inteligente. Le propone a Agata llevárselo con él, lo hará estudiar, le dará una carrera, lo ayudará a labrarse un buen porvenir. Agata sonríe y no dice nada. De tanto en tanto el fraile reitera la propuesta. Para salir del paso, Agata le contesta que para esas cosas se necesita la autorización del padre, habrá que hablar con él cuando lleguen a Buenos Aires. Todavía no es tiempo de plantearse interrogantes con respecto al futuro. Un día es igual a otro. El barco avanza, ellos se dejan llevar. Hay un napolitano que se la pasa cantando, contando cuentos y haciendo juegos de malabarismo. Entretiene a todos. Hay una mujer gorda y joven, con una nena de un año, que no tiene equipaje, ni siquiera una valija, sólo un atado de ropa, no sabe escribir ni leer, habla un dialecto incomprensible, el cura de su aldea se encargó de los trámites para que pudiese viajar a reunirse con el marido. Las que comparten su camarote luchan para que mantenga su lugar limpio, para que por lo menos lave a la criatura. Ella se sienta en cubierta con su hija en brazos y habla con quien tiene más cerca, al parecer cuenta su historia. Los otros la escuchan, aunque muchos no entienden lo que dice. Alguien le hizo una broma al napolitano: le robó un zapato. El napolitano está parado en cubierta con un pie descalzo. Anda así desde hace varios días porque no tiene otro par. Habla en voz alta, acusa, está dolorido y furioso. Los demás lo miran desde lejos, divertidos y expectantes. Por fin el napolitano se quita el zapato que le queda, lo levanta sobre su cabeza, lo muestra y después lo arroja al mar. En ese momento, venido desde alguna parte, el otro zapato cruza el aire y cae a sus pies. El napolitano lo levanta y lo tira también por encima de la borda. "Ahora", grita, "tendré que desembarcar descalzo". Son tragedias mínimas, ocurren y se diluyen sin alterar la monotonía y la tregua que el barco impone. Mientras permanezcan en él los que emigran todavía están libres de recuerdos y de ilusiones. Una mujer joven, véneta, coquetea con los hombres y sobre todo con un marinero. El marinero aprovecha un momento en que está sola y se le mete en el camarote. La mujer grita. El marinero va a parar al calabozo. Dicen que será procesado. Hay un egipcio que siempre anda dando vueltas entre los diferentes grupos. Invita a una nena de ocho años a acompañarlo con el pretexto de buscar caramelos en su camarote. Un camarero, que fue boxeador, lo intercepta en el pasillo y le da una paliza. Devuelve la nena a su madre y le recomienda que no la deje sola. Hay una pelea entre dos hombres por algo que fue robado y esa noche el capitán pronuncia un discurso. El barco sigue surcando el océano. Todo postergado, todo en suspenso. Cruzan el Ecuador y hay una fiesta. El hombre que había enfermado al partir sigue mal, dicen que tal vez no llegue vivo a destino. Una mañana, alguien, parado junto a Agata en cubierta, señala una línea oscura, una sombra apenas visible en el horizonte: América. La tregua está a punto de extinguirse. A partir de entonces es como si despertaran de un letargo. Comienza a notarse la impaciencia, los diálogos cambian. Se habla de mantenerse en contacto, se intercambian direcciones: "Escríbame, yo le escribiré". Por fin, una noche, una costa cercana, luces. El barco se detiene y deben esperar hasta el amanecer para entrar a puerto. Hay un control sanitario. Los médicos determinan que uno de los emigrantes, un calabrés, padece una enfermedad infecciosa: no lo dejarán bajar, se comenta que lo mandarán de vuelta. El hombre llora, suplica. A todos les da pena el calabrés que será repatriado. Es lo último que comparten los que van a desembarcar.

7

El avión aterrizó en el aeropuerto de Fiumicino a las diez y veinte de la mañana. Cuando las ruedas tocaron la pista y comenzó a carretear, el pasaje aplaudió. La mujer de la izquierda le preguntó a Agata si alguien la estaba esperando y ella contestó que sí. Mientras avanzaba lenta por el pasillo, frenada por los pasajeros que no terminaban de sacar sus bolsos de las gavetas, sintió impaciencia por primera vez.

Se asomó a la escalerilla, miró el cielo y pensó que era cielo italiano. Vio una bandera ondear sobre un edificio. Bajó con cuidado, sosteniéndose de la baranda, y siguió a los demás. A pocos metros los esperaba un ómnibus del aeropuerto. Anduvieron unos minutos y Agata vio aviones mucho más grandes que el suyo. Bajaron del ómnibus y, mientras todos se dirigían hacia el interior de un edificio, Agata se detuvo y miró alrededor buscando un lugar donde hubiera tierra. En el avión había pensado que, al llegar, lo primero que haría sería tomar un puñado de tierra, tocarla. Pero ahora sólo veía asfalto y cemento.

Apuró el paso y entró detrás de los demás. Tuvo que hacer cola y cuando el empleado le formuló una pregunta se dio cuenta de que eran las primeras palabras que iba a pronunciar en su país y en su idioma. Contestó con énfasis excesivo y el hombre le dirigió una mirada rápida y extrañada. Después supo que ya estaba todo listo, que no habría más trámites. Fue a esperar que en la cinta apareciera su valija. Había mucho ruido y desorden alrededor, los changadores ofrecían sus servicios a los gritos, el cigarrillo colgado en el costado de la boca, y Agata pensó que ese lugar no se diferenciaba en nada del otro aeropuerto, el que había dejado catorce horas antes. Llegó la valija, la arrastró fuera de la cinta y alguien la ayudó a colocarla sobre un carrito. Agata caminó a lo largo de una valla detrás de la cual estaban los que esperaban a los pasajeros. Para salir tuvo que sortear parejas y grupos que se abrazaban y obstruían el paso. Buscó con la mirada a Sor Verónica, pero no la vio. Aparecieron dos monjas y Agata fue a su encuentro, pero la esquivaron y siguieron de largo. Permaneció en medio de la gente, girando la cabeza hacia un lado y hacia otro. Alguien se la llevó por delante, la hizo trastabillar y oyó una voz que le pedía disculpas. Vio a un hombre joven, trajeado, que se alejaba con paso rápido.

Empujó el carrito para apartarse de aquella confusión y eligió un sitio donde pudiera estar tranquila, pero que resultara visible para quien viniera a buscarla. Se arrimó a una pared y se puso a esperar. Había grandes pantallas que anunciaban las llegadas y las partidas de los vuelos. Buscó el suyo y lo encontró. Se dijo: "Estoy en Italia". Pero no era más que un pensamiento, todavía no lograba sentir que fuese cierto. Cuando veía acercarse una mujer sola la miraba fijo: "Tal vez Sor Verónica no pudo venir y envió a alguien". Detectó varias caras conocidas del avión, que se alejaban hacia la salida. Escuchaba fragmentos de conversaciones de la gente que pasaba. Se puso a leer todos los letreros publicitarios y los carteles indicadores. Pasaron largos minutos y comenzó a invadirla un sentimiento de desamparo: había regresado a su país, no había nadie esperándola, estaba sola en ese gran aeropuerto. Se dijo que debía tranquilizarse, tenía la dirección del colegio, si nadie aparecía tomaría un taxi. "Tal vez hubo un error con la fecha y el horario". Colgada del brazo derecho llevaba la cartera y encima el tapado. Los cambió al brazo izquierdo. Advirtió que la cartera estaba abierta y la cerró. Oyó una voz que la llamaba y ahí estaba Sor Verónica que la besaba y se disculpaba por la demora.

—El tráfico —dijo la monja—. En Roma es terrible. ¿Solamente trae esta valija? Vamos, es por acá.

Sor Verónica se hizo cargo del carrito y arrancó con paso rápido. No paraba de preguntarle sobre el viaje, el pueblo, el colegio, Elsa, las otras profesoras. Agata contestaba con monosílabos mientras se esforzaba por mantenerse a la par de esa mujer llena de energía. Salieron al aire libre, dejaron el carrito, la monja cargó con la valija y bajaron una escalera.

—Venga, conseguí que me dejaran estacionar cerca, pero sólo por unos minutos.

Llegaron al coche, al final de una rampa de cemento, y entonces Agata vio un cantero con un árbol en el medio y flores alrededor. El primer impulso fue acercarse y recoger un puñado de tierra. Pero luego sintió pudor y se contuvo. La monja metió la valija en el baúl, abrió la puerta del coche y le dijo:

—Suba, ya vuelvo.

Se alejó unos metros y habló con un policía, seguramente el que le había permitido estacionar. Agata no subió al coche. Fue hasta el cantero, se agachó, hundió los dedos en la tierra, levantó un puñado, lo observó, lo palpó, lo apretó en el puño. Entonces fue como si desde ella algo partiera y se proyectara hacia el pasado, hacia los años pasados, hacia lo que ella había sido desde aquella partida en el barco, y después de recorrer y abarcar todo eso, ese algo regresara y un círculo se cerrara, ahí, en ese punto de convergencia que era ella, Agata, con la mano extendida, en cuclillas frente a las flores rojas del cantero. Oyó la voz de Sor Verónica que le decía:

—¿Vamos?

Giró la cabeza y vio a la monja sentada al volante. Dejó

deslizar la tierra entre los dedos, se enderezó y subió al coche.

En el camino Sor Verónica le explicó que el colegio estaba en las afueras de Roma, que no entrarían en la ciudad, la rodearían por una autopista.

—¿Cuándo piensa viajar a su pueblo?

—Cuanto antes —dijo Agata.

—Bien —dijo la monja—, hoy se quedará con nosotras, mientras tanto veremos los horarios de los trenes.

Agata miraba por la ventanilla, veía los letreros de señalización con flechas apuntando al sur y al norte, leía los nombres: Civitavecchia, Benevento, Palermo, Siena, Perugia, Arezzo. Pensaba que por uno de esos caminos se llegaría a Tarni.

El colegio estaba sobre una loma. Sor Verónica la acompañó hasta su habitación, en el primer piso.

—Póngase cómoda, descanse, yo me encargo de averiguar los horarios.

La habitación era pequeña y austera, olía a limpio, en las paredes no había más que un crucifijo oscuro. Golpearon la puerta. Agata abrió y se encontró con una monja menuda, muy arrugada, que se presentó como Sor Teresa. Le preguntó si deseaba algo, le dijo que todavía estaba a tiempo para almorzar. Rápidamente le informó que el precio de la habitación incluía el desayuno, pero no el almuerzo ni la cena, que debían ser pagados aparte.

—¿Cuántos días piensa quedarse? —preguntó.

Agata contestó que tal vez partiría al día siguiente y que no deseaba almorzar, sólo quería descansar.

Cuando quedó sola fue a la ventana, vio árboles y techos y el declive del terreno que bajaba hacia el valle. Sintió deseos de salir y mirar todo aquello de cerca. Se dijo que habría tiempo y se puso a ordenar sus cosas. Abrió la cartera, buscó el sobre con el pasaje y el pasaporte y no lo encontró. Tampoco estaba la billetera. Vació el contenido sobre la cama, revisó los bolsillos del tapado. Entonces se acordó del empujón en el aeropuerto. Parada en el medio de la habitación, paralizada, percibió al mismo tiempo el silencio que la rodeaba y el vacío que se producía en su cabeza. Permaneció así, sin saber qué hacer.

Finalmente bajó, bordeó un patio con flores y una fuente en el centro, se metió en un largo pasillo y desembocó en una sala en penumbras sin cruzarse con nadie. Se asomó a la única puerta entreabierta: daba a la capilla. Sor Teresa estaba arrodillada en el último banco, la vio y se levantó.

—¿Qué necesita?

—Hablar con Sor Verónica.

—En este momento no está.

—Es urgente.

—Tuvo que salir, vuelve en una hora.

—Me robaron.

—¿Qué le robaron?

—Los documentos.

—¿Dónde?

Agata explicó como pudo. La monja llamó a otra, Sor Angélica, y después apareció una tercera. Le preguntaron si llevaba dinero en la cartera. Les dijo que muy poco, lo suficiente como para moverse los primeros días, el resto lo tenía guardado en un bolsillo que su hija le había cosido en el interior del vestido, y también había enviado una parte por intermedio del banco.

—Entonces no es tan grave.

—Pero estoy sin documentos —dijo Agata—, ¿qué hago ahora?

—Le extenderán otros. Los documentos se recuperan, la plata no.

Entre las tres la tranquilizaron, le dijeron que no se preocupara, que todo se arreglaría, que esperara a Sor Verónica y ya verían qué se podía hacer. Comentaron que así era Italia ahora.

—A mí, hace una semana, me robaron en un ómnibus.

—No vaya sola por la calle, nunca lleve cosas de valor.

Le ofrecieron una silla, le trajeron un vaso de agua, la siguieron consolando.

—Pobre señora —dijo una.

—Pobre mundo —dijo otra.

—Tenga —dijo Sor Teresa, y le dio una estampita de la Virgen—, la va a ayudar.

Agata la tomó y volvió a su habitación. Revisó una vez más la cartera y los bolsillos, abrió la valija. Se sentó en la cama y se puso a pensar en el recibimiento que le había dado su tierra.

8

A partir del día siguiente empezó un largo peregrinaje por reparticiones y oficinas. Sor Verónica la acompañó a todas partes. Primero hicieron la denuncia en la policía. Un oficial elegante y simpático les anticipó que difícilmente recuperaría el pasaporte.

—En otras épocas los carteristas se deshacían de los documentos robados y los depositaban en los buzones del correo. Dentro de todo era un gesto amable —comentó sonriendo—, pero ahora los pasaportes son codiciados; hay quienes se dedican a falsificarlos y hacen su negocio.

En la compañía de aviación les aseguraron que no habría problemas para el viaje de regreso y que le entregarían un nuevo pasaje cuando Agata presentara alguna documentación o un certificado de que la estaba tramitando.

El primer escollo apareció cuando solicitaron el pasaporte nuevo. El trámite, les dijeron, duraría dos meses. Sor Verónica se indignó:

—¿Cómo dos meses? Esta mujer no se queda tanto tiempo en Italia, no puede moverse, no puede retirar plata del banco, tiene que viajar a su pueblo.

—Entendemos, entendemos —le contestaron—, pero es así, hay que esperar.

Sor Verónica —esto ya lo había percibido Agata desde el primer momento— era una mujer enérgica y no se daba por vencida con facilidad. Comenzó a llamar a personas conocidas pidiendo consejos y recomendaciones. Vieron mucha gente en esos días. Partían a la mañana hacia el centro de Roma, acudían a entrevistas, llenaban planillas, iniciaban nuevos trámites.

—Lo vamos a conseguir rápido —decía Sor Verónica—, no se preocupe, éstos son muy testarudos, pero yo soy más testaruda que ellos.

De todos modos las cosas no resultaban fáciles. Siempre había una demora, un detalle que faltaba, una cita que se postergaba. A Agata no le quedaba otra posibilidad que dejarse llevar, esperar y confiar. Dependía de los otros, de empleados, de funcionarios, del azar. Estaba ahí, en Roma, a punto de alcanzar su lugar, a punto de tocarlo, pero no podía avanzar. No entendía este impedimento, no se resignaba. Y había momentos, por la noche, al acostarse, en que sentía como si le hubiese caído encima una desgracia y la vencía la desesperación. Le vinieron a la memoria sus reflexiones en el avión acerca de la necesidad de una mayor lentitud en ese acercamiento a las cosas del pasado. Pensó, con ironía, que el deseo de un regreso demorado, que estableciera un equilibrio después de la larga ausencia, ahora se estaba cumpliendo de algún modo, pero contra su voluntad y a un precio muy amargo.

Llamó un par de veces a Tarni, habló con su sobrina, le explicó. Elvira le dijo:

—Te esperamos, te estamos esperando.

En esos días, muchas cosas habían terminado por resultarle hostiles y odiosas. Las calles, la gente, inclusive la habitación donde dormía. Y también Sor Teresa y Sor Angélica, con las cuales tenía contacto a diario, que estaban todo el tiempo pidiéndole pequeñas donaciones, limosnas. Siempre había una razón nueva: un aniversario, un santo, una adquisición para el convento.

—Somos pobres, dependemos de la caridad de las almas bondadosas —le decían.

Eran sumas mínimas, pero a Agata la irritaba ese acoso, pensaba que jamás nadie le había transmitido la sensación de la codicia como aquellas dos mujeres que supuestamente habían renunciado a tantas cosas del mundo. Después reflexionaba y se decía que sus juicios eran injustos, que estaba midiendo todo a través de la lente de la frustración y la impotencia de esos días.

Durante una de las tantas antesalas, mientras esperaba que Sor Verónica volviera a aparecer de una nueva entrevista, Agata se puso a hojear un diario y le llamó la atención el título de una nota y la foto que la ilustraba. La nota relataba la odisea de un barco de fugitivos de Somalía, un carguero con 4.500 prófugos, entre ellos 400 niños, que viajaba a la deriva tratando de ser recibido en algún puerto y era rechazado por todos los países. Desde el barco partían desesperados pedidos de auxilio. Se les habían acabado los víveres; el clima era tórrido durante el día y las noches heladas; los vómitos, diarreas y enfermedades de todo tipo estaban convirtiendo el barco en un hospital flotante. En la foto se veía a la gente apiñada en cubierta sosteniendo letreros que decían: *"Ayuda por favor"*. Y una larga banda blanca con una inscripción que el diario traducía así: *"Allá impera la ley de la jungla, nosotros nos hemos convertido en gacelas y sólo nos queda huir"*.

Agata trataba de descifrar, en la foto borrosa, las expresiones de las caras. Pensó en su barco, en Génova, en la gente que la había acompañado en aquel viaje hacia América.

En las idas y venidas con Sor Verónica había conocido algo de la ciudad. Había visto grandes avenidas, palacios, iglesias, monumentos, fuentes, testimonios de glorias y esplendores pasados. Turistas moviéndose como rebaños detrás de los guías. Grupos ociosos en las plazas, en los cruces de calles, bajo las arcadas. Sor Verónica le explicó que la ciudad estaba llena de gente sin trabajo y sin lugar donde vivir. Gente que huía del hambre, de las persecuciones y las guerras. Venían de África, de Europa Oriental, de todas partes. Algunos habían ingresado legalmente, pero muchos lo habían hecho de manera clandestina y carecían de documentación. Cada vez eran más.

—Los hambrientos de la tierra buscan pan y trabajo donde hay —dijo la monja.

En aquellos grupos los más identificables eran los negros. Agata los miraba al pasar, pensaba que esa gente estaba lejos de su país, que había perdido todo, que no tenía patria. Estas ideas suscitaban en ella un sentimiento de pena y de solidaridad. De alguna manera se sentía como ellos, atrapada, perdida en esa ciudad. Volvía a pensar en la foto del diario y en su barco de hacía cuarenta años.

—Ahí tiene —decía Sor Verónica cuando se detenían en un semáforo y un muchacho acudía corriendo y enjabonaba el parabrisas—, éstos se ganan la vida limpiando vidrios de los coches. Otros venden chucherías por la calle. Hay quienes trafican droga y mujeres que se prostituyen. Hay de todo en esta Roma nuestra.

En una oportunidad fueron a una librería de textos religiosos donde Sor Verónica debía retirar unas revistas. El negocio estaba frente a una plazoleta, con una fuente y una escultura mitad humana y mitad pez soplando en una caracola de la que surgía un gran chorro de agua. Sobre la vereda, contra la pared, a unos metros, había un grupo de gitanas jóvenes. Una llevaba un bebé en brazos. Agata se quedó mirando la fuente.

—Entro un segundo —dijo Sor Verónica—, cuidado con las gitanas, agarre fuerte su cartera.

—No hay nada adentro —dijo Agata.

Quedó sola y vio cómo las gitanas parecían confabular y después salían de su indolencia y se movilizaban en grupo hacia un turista solitario. El turista llevaba la cámara fotográfica colgando del cuello y avanzaba leyendo una guía. La muchacha que cargaba el bebé lo encaró. En la mano extendida, como si llevara una bandeja, sostenía un rectángulo de cartón del tamaño de un diario y lo colocó contra el pecho del turista. El hombre dio un paso atrás y la muchacha siguió acosándolo con el cartón, mientras le hablaba. Las otras —cinco, seis— giraban alrededor, hablándole también. El turista, sorprendido, intentaba salir del encierro y, para sacarse a las mujeres de encima, movía los brazos como si estuviese espantando moscas. Por fin las gitanas parecieron dejarlo en paz, se separaron de él y comenzaron a alejarse. Entonces apareció otro hombre que se abalanzó sobre una de ellas y la tomó de un brazo. Lucharon, la gitana se defendía y gritaba. Las otras chillaban y trataban de liberarla, tironeando e interponiéndose. El hombre resbaló, se cayó y la muchacha estuvo a punto de escapar, pero él logró aferrarla de la pollera y volvió a incorporarse. Mientras tanto no cesaba de gritar:

—Le robaron. A usted le robaron.

El turista miraba interesado la escena, pero no se daba por aludido. Una mujer, que se había detenido y estaba parada a su lado, le repitió:

—Le robaron a usted, señor.

Recién entonces el turista se tocó los bolsillos, se lanzó sobre la muchacha y la aprisionó del otro brazo. Ni siquiera entre los dos lograban reducirla. Cruzando la calle había una camioneta de la policía estacionada, con un gendarme sentado al volante y el otro de pie, apoyado contra la puerta. Habían estado ahí todo el tiempo. Observaban la escena pero era como si no la vieran. Fue necesario que el turista y el otro gritaran varias veces hacia ellos para que finalmente uno decidiera movilizarse. Cruzó lentamente y se detuvo a un par de metros de los dos hombres y la gitana. La muchacha mantenía los puños contra el pecho, defendiendo un bulto que ocultaba debajo de la ropa. El policía dijo algo. Ella le contestó. El policía volvió a hablar. Entonces la muchacha metió la mano bajo la camiseta, sacó un sobre de cuero, se lo entregó al turista, se soltó y fue a reunirse con su grupo. El turista abrió el sobre, controló y empezó a gritar que faltaba una chequera. El policía ya había vuelto a la camioneta y esta vez ni siquiera se molestó en mirarlo. Las gitanas estaban a cincuenta metros, se alejaban sin apuro, hablaban entre ellas, se daban vuelta de tanto en tanto, seguían gesticulando y aparentemente insultando. Desaparecieron en el primer cruce de calles.

Salió Sor Verónica y Agata le contó. La monja dijo que era cosa de todos los días. Le explicó que el pedazo de cartón contra el pecho de la víctima cumplía una función importante, impedía que pudiese mirar para abajo, y mientras tanto las otras gitanas le vaciaban los bolsillos.

—¿Y la policía? —preguntó Agata.

—Están cansados. Denuncias de robos tienen a cada rato. A las gitanas no las pueden retener, son siempre menores de edad, carecen de documentos, no tienen domicilio. Así que dejan hacer.

A la mañana siguiente, cerca del mediodía, Sor Verónica fue a buscar a Agata a su habitación y le informó:

—Vengo de hablar con un ministro.

Contó que el ministro escuchó la historia de Agata con mucha atención y, atento e indignado, dijo que Italia no podía ser tan injusta con una de sus hijas que regresaba después de tantos años y que ya mismo se encargaría de solucionar el problema. Hizo un llamado en su presencia, dio órdenes, le entregó a Sor Verónica una tarjeta con su firma y le indicó que concurrieran a cierta oficina esa misma tarde:

—Acá tengo la tarjeta. Creo que esta vez lo conseguimos.

Hubo que llenar más papeles. Estuvieron un par de horas paseando del tercer piso del ministerio al quinto, del quinto al segundo, nuevamente al tercero. Agata firmó y volvió a firmar.

—Pueden retirar el pasaporte mañana, después de mediodía —dijo el último empleado que las atendió.

Cuando salieron de aquel edificio y se encaminaron hacia

el estacionamiento, Agata todavía no lograba convencerse de que la pesadilla estuviese a punto de finalizar. Sor Verónica estaba de buen humor.

—¿Vio que todo se arregla? —dijo—. Deberíamos festejarlo. ¿Le gustan los helados? Tomemos uno, lo merecemos.

Se sentaron bajo una sombrilla, en el cruce de dos avenidas donde desfilaban incesantes los coches y las pequeñas motos. Al fondo se veía una gran cúpula y la curva verde de una colina. Agata saboreaba despacio su helado y las imágenes de la ciudad le parecieron amables por primera vez.

Regresaron al colegio e hizo otro llamado a su pueblo.

—Te esperamos —dijo Elvira.

Todavía faltaba esa noche, un día y otra noche, antes de que pudiera tomar su tren a Tarni.

9

Agata tomó los medicamentos, hizo la cama y recordó que tenía toda la mañana para sí. Eran las primeras horas desde la llegada en que podía relajarse y reordenar sus ideas. Bajó, saludó a Sor Teresa, que estaba pasando la lustradora al piso del comedor, se detuvo en el patio para mirar el cielo, cruzó el portón y salió del colegio.

Bordeó un largo muro donde crecían las enredaderas y se asomó a un declive con olivos cargados de aceitunas negras. Un camino de tierra serpenteaba hacia el valle. Había una gran franja de neblina al fondo, muy densa, que tapaba la base de los montes pero dejaba ver la línea de las cimas oscuras. Era un paisaje aéreo, entre azulado y gris, con siluetas de árboles y torres. A la derecha de los olivos, en la mitad de una loma coronada por una capilla y el campanario, vio un grupo de ovejas fijas y el temblor de algunas columnas de humo. A la izquierda, una casa de paredes color salmón y tejas oscurecidas por el tiempo. Detrás de la casa se extendía la curva suave de una parcela de tierra arada. Se oían ladridos de perros, algún pájaro, y de tanto en tanto resonaban, lejos, cerca, los disparos de los cazadores. Era una hora tan serena y Agata se sentía tan bien después de esos días de sobresaltos que en ella no había más que paz. Miraba todo y trataba de contarse a sí misma lo que veía, tal vez para disfrutar aún más de ese momento, tal vez para la memoria futura. Comenzó a bajar hacia el valle fantasmal, registrando lo que descubría a ambos costados del camino: un castaño, un nogal, robles, viñedos. De cuando en cuando detenía la marcha y pensaba en otros valles, los de su pueblo, a los que mañana volvería. Sentía que en ese camino ya se insinuaba el reencuentro, comenzaba a manifestarse, a hacerse visible, aquello que todavía no podía ser visto. Todo lo que su mirada ávida registraba despertaba un sentimiento de aproximación. Había temido —por eso se había empeñado en que su nieta dibujara aquel mapa— que hubiese desaparecido todo, que ya no encontraría nada. Pero ahora sabía que estas cosas la estarían esperando. Arbustos, hojas secas, mechones de pasto, piedras, flores silvestres, insectos. Cada detalle del paisaje era un anticipo de aproximación.

Siguió bajando. Más allá de un terreno sin árboles comenzaba un bosque. También la oscuridad que nacía con la espesura le trajo recuerdos y la acercó a otros tiempos. Eran imágenes simples y claras, y volvían con la fuerza de entonces. Agata sentía que con sus ochenta años renacían en ella los ojos de la niña que había sido, que su manera de mirar, en esa mañana otoñal, era la misma, que todavía estaba capacitada para asombrarse y descubrir y temer. Había unas hileras de parras cargadas de uva negra. Una zanja separaba la viña del camino. Agata buscó un lugar donde poder cruzar. Bajó con cuidado, tomándose de un arbusto, trepó al otro lado, llegó hasta la vid y arrancó dos granos de uva de un racimo. Se los colocó entre los labios y los apretó para que el jugo se le derramara en la boca. Reconoció el gusto dulce y fuerte. Era la primera uva que probaba desde su regreso. Recordó las vides del terreno de su casa, su padre vendimiando, Mario vendimiando, y después el sótano, la uva en la tina y el olor a mosto. Caminó hasta la zanja para subir al camino, pero dio media vuelta, regresó y arrancó el racimo entero. Entonces, de nuevo, acudió a ella un lejano sabor de cosa joven: el placer del robo. Pero esa sensación no le venía desde una experiencia suya, en Tarni, sino de la imagen de sus hijos sorprendidos robando frutas en las quintas vecinas, por el solo gusto de hacerlo, ya que tenían sus propios frutales. Alcanzó el camino y siguió hasta el final de la cuesta. Vio otra casa, un gato echado junto a la puerta, un hombre que arrancaba panojas de maíz. Oyó y luego descubrió un avión en dirección a Fiumicino. Las columnas de humo de los rastrojos seguían elevándose y se perdían arriba, en la neblina tenue que comenzaba a abrirse, iluminada desde atrás, desde adentro, por el primer sol. Cuando Agata terminó con la uva arrojó al pasto el racimo vacío y emprendió el regreso.

Después llegó rápido el mediodía, el almuerzo y el viaje a Roma con Sor Verónica. Le entregaron el pasaporte. Pasaron por la compañía de aviación. Fueron a la estación de trenes y sacaron pasaje. Partiría a las diez de la mañana. Regresaron cuando comenzaba a oscurecer.

Agata se acostó temprano. Se despertó en la mitad de la noche y se sentó en la cama. Miró la hora, calculó el tiempo que faltaba para el amanecer y permaneció así, escuchando, inquieta y alerta, como si algo no previsto tuviese que ocurrir. Las certezas que le había brindado aquel paseo por la mañana se diluían en este silencio nocturno. Ahora en su mente no había más que dudas. Desfilaban preguntas rápidas y confusas, nada concreto, nada claro, intuiciones, chispazos, como si en la cabeza le explotasen permanentes juegos de artificio cuyas figuras no terminaban de conformarse. Le llegaron imágenes de una mujer que era ella recorriendo las calles del pueblo, pedaleando en su bicicleta, entrando y saliendo de la fábrica. ¿Qué subsistía en común entre la que partió y esta que volvía? Tal vez nada, ya. Tal vez sólo el lazo establecido por la memoria engañosa. La memoria que había ido modificándose y agigantándose y traicionándose. Ahora la noche era la única barrera que separaba lo que había sido de lo que sería. Y Agata no estaba de un lado ni del otro, estaba en la noche y en la barrera. Y, mientras durase, todos sus años permanecerían agolpados contra ese muro de oscuridad, hasta que el canto de los gallos y la primera luz los liberara de esa tensión y también ellos irrumpieran en la explosión del nuevo día. Entonces el pasado se encolumnaría con el presente y, cuando se sentara en el tren, cuando el tren arrancara, entraría realmente en la última etapa del regreso, y las horas la llevarían rápido a la estación de Tarni, donde comenzaría a develarse el gran interrogante, donde la esperaban caras que tal vez no reconocería.

Agata pensaba en estas cosas, se dejaba llevar por una idea y por otra, en ella no había más que entrega y un estupor manso. Después se deslizó bajo la manta y se durmió. Cuando abrió de nuevo los ojos todavía estaba oscuro, pero una claridad imprecisa revelaba el rectángulo de la ventana. Bajó de la cama, se asomó y vio el cielo que comenzaba a teñirse sobre los montes del otro lado del valle.

10

Resultó que dos monjas viajaban a Ferrara esa misma mañana. Sor Teresa se las presentó.

—Nuestro tren sale poco después que el suyo —le dijeron—, venga con nosotras, de paso dividimos el costo del taxi.

Agata se despidió de Sor Verónica en el portón de entrada, agradeció y quedaron en que le avisaría antes de su regreso de Tarni.

Cuando llegaron a Termini, mientras una de las monjas buscaba un carrito para las valijas, la otra hizo cuentas, le pidió su parte a Agata y le abonó al chofer. A Agata no le quedaron claros los números y tuvo la impresión de que había terminado pagando la totalidad del importe del viaje.

Cruzaron el hall de la estación donde había una actividad de hormiguero. También ahí andaban gitanas merodeando. Pero sobre todo le llamaron la atención grupos detenidos acá y allá, la mayoría africanos, indolentes, charlando, las mujeres con sus ropas coloridas. Era la misma gente que había visto en las calles y de la que le había hablado Sor Verónica. Al pasar, Agata alcanzaba a oír sus idiomas extraños y pensó una vez más en la foto del diario y en el barco a la deriva.

Las monjas la llevaron hasta el tren, buscaron su vagón, subieron con ella, ubicaron su compartimiento, le desearon buen viaje y se fueron. Ya había varias personas sentadas y Agata, para no molestar, dejó la valija en el pasillo, a la vista, y fue a ocupar su lugar. La acompañaban una pareja mayor, una muchacha de lentes y un muchacho con los auriculares puestos, que mantenía los ojos cerrados y no cesaba de carraspear.

—Señora —le dijo la mujer—, no deje la valija afuera, andan bandas de ladrones recorriendo los trenes, se llevan todo.

La ayudó a entrarla y a colocarla en el portaequipaje. La muchacha se levantó y dio una mano. El muchacho siguió con los ojos cerrados y carraspeando. El hombre observó el operativo sin moverse, tenía una muleta parada a su lado.

—Ahí está más segura —dijo el hombre sonriendo con complicidad—, más vale prevenir.

Agata devolvió la sonrisa y se sentó. En las paredes, atornillados, había cuadritos con paisajes y fotos de monumentos. Se notaba que la calefacción estaba funcionando. El asiento era cómodo. Por el pasillo pasaron tres tipos.

—A esos tres los conozco, viajo siempre por acá, son ladrones —dijo la mujer.

Contó que unos meses atrás, un señor muy amable y correctamente vestido, que la había ayudado a colocarse el tapado al llegar a destino, le había robado una cadenita de plata.

—Qué rapidez. Todavía me estoy preguntando cómo hizo para quitármela sin que me diera cuenta. A mí siempre me daba trabajo ese cierre.

—Son artistas del mal —dijo el hombre.

Ambos eran cordiales, habladores y curiosos. Le dieron charla también a la muchacha de lentes, le preguntaron de dónde era y adónde iba, se quejaron de los trenes, de los horarios, de la seguridad. La muchacha era vendedora en una casa de ropas, en Milán. La mujer dijo que conocía la firma, el marido y ella habían nacido y vivido siempre en Milán, aunque ahora pasaban parte del año en una casa en la campaña. Hablaron de modas, de telas y de precios.

En la puerta del compartimiento apareció un muchacho, muy flaco y pálido. Pidió que lo ayudaran, contó que había extraviado su dinero o tal vez había sido robado, no estaba seguro, vivía en Verona, necesitaba reunir para el pasaje y así poder volver a casa.

—El discurso es muy lindo —dijo la mujer—, pero debería aplicar esa capacidad y esa energía en cosas útiles.

El muchacho no le hizo caso y siguió hablando. La muchacha de lentes, después de escucharlo un rato, sacó unas monedas y se las dio.

—¿Por qué le da? Toda esa charla es una mentira —dijo indignada la mujer.

—También es posible que esté diciendo la verdad.

—Es un invento, esa historia la escucho todos los días.

—Ni él se va a enriquecer con esas monedas ni yo me vuelvo más pobre.

—Usted sabe bien que piden para su dosis de droga.

—Puede ser —dijo la muchacha y se encogió de hombros.

Se ganó la antipatía del matrimonio mayor que ya no le volvió a hablar. La mujer se dirigió a Agata:

—¿Sabe cómo lo hacen en algunos casos? En una calle oscura hay una pared con un agujero. El drogadicto se arremanga y mete el brazo. En la mano tiene la plata para la dosis. Del otro lado está el vendedor que lo inyecta. No se hablan. Así es más seguro. El que está afuera ni siquiera ve lo que le están metiendo en las venas. Pasa el brazo por el agujero y después se va. ¿Qué le parece?

Mientras hablaba miraba de reojo a la muchacha.

—Así está la juventud —concluyó el marido.

La muchacha se recogió el pelo y se lo aseguró con una hebilla, limpió los anteojos en la camisa, se cruzó de piernas y abrió un libro. Pasaba rápido las páginas y, mientras leía, sus labios no cesaban de moverse.

A último momento llegó una mujer gorda y jadeante, pidió permiso, se desplomó en su lugar junto a la ventanilla, resopló un par de veces, sacó un pañuelo y se lo pasó por la frente y por la boca.

El tren arrancó con suavidad, sin ruido, sin que nada lo anunciara, y se deslizó fuera de la estación. El hombre acababa de controlar su reloj y comentó para todos que, tratándose de un rápido, si no llegaba a horario tenían derecho a pedir el reembolso del importe del pasaje. El muchacho de los auriculares seguía carraspeando y la mujer gorda se puso a leer una revista de fotonovelas. De vez en cuando tosía, se ponía más roja, se quedaba sin aire. Tenía una botella de agua mineral y tomaba para aliviarse. Se durmió con la revista sobre las rodillas. Un minuto después abrió los ojos, siguió leyendo, dio vuelta una hoja y volvió a dormirse con la boca abierta. Soltó un ronquido y eso la despertó de nuevo, pidió disculpas, se durmió, otro ronquido y otra disculpa. Por el acento se notaba que era del sur. Se quejó de que no se sentía bien, estaba viajando de Nápoles a Florencia, no había comido nada desde el día anterior, sólo tomaba agua, pero también el agua le caía mal, se ahogaba. El matrimonio la escuchaba con una expresión que revelaba más censura que interés. La gorda abrió el bolso, sacó un paquete de galletitas y las devoró mientras seguía concentrada en la fotonovela. Terminó con el paquete, se levantó, fue al pasillo y se puso a fumar un cigarrillo tras otro. La mujer de Milán giró hacia Agata e hizo un gesto que significaba: "¿Qué se puede esperar de esta gente?".

Agata veía por la ventanilla la huida de casas y edificios y se dijo que por fin estaba en viaje. Pensó que ninguno de sus acompañantes podía sospechar lo que significaba para ella. Le hubiese gustado compartir con alguien ese momento. La ciudad quedó atrás y comenzó una campiña ondulada. Agata entrecerró los ojos y prestó atención. Lo que percibía era un ronroneo monótono, como un acunarse, y de pronto un salto y luego otra vez el deslizamiento y el balanceo suave. Pese a los párpados cerrados percibía cómo pasaban golpes de luz y de sombra. Siguió un rumor sordo, como el de una masa de agua avanzando y creciendo desde lejos y que no terminaba de estrellarse. Después hubo un gran sacudón y una mancha fugaz contra la ventanilla: un tren en sentido contrario. Agata abrió los ojos y le pareció que la velocidad había aumentado todavía más, y que esa aceleración superaba las posibilidades del tren y la resistencia de su estructura. Ahora se bamboleaba, temblaba y la expresión devorar kilómetros se volvió para Agata una sensación física. El tren devoraba, devoraba, era una flecha, un bólido lanzado por una pendiente, obligado a una aceleración cada vez mayor. Tal vez ya no estuviese adherido al suelo, tal vez hubiese vencido la fuerza de gravedad. Agata, mientras veía el paisaje girar veloz del otro lado de la ventanilla, sentía crecer en ella la excitación, pero también una gran serenidad. Acurrucada en su asiento, entregada a esta experiencia nueva que venía a visitarla, esperaba.

Y después, cuando la velocidad parecía alcanzar su grado máximo, lo que Agata percibió fue un silbido fino y sostenido, un hilo metálico vibrando detrás de los demás ruidos. El silbido creció, tapó el resto y se convirtió en silencio. Entonces ingresaron en una zona donde el vértigo de la carrera fue reemplazado por la quietud. Ya no velocidad sino quietud. El tren se deslizaba sin sonido, sin sacudidas, y Agata tuvo la impresión de que flotaban en ese día otoñal, eran como un viento desplazándose sobre una gran superficie en calma.

Y a partir de ahí sintió que las cosas ocurrían al revés, que no era ella la que avanzaba, sino que todo venía a su encuentro. Ella permanecía inmóvil en algún lugar, junto a un vidrio detrás del cual corría el mundo. Vio pasar pueblos apiñados en las cimas de las colinas, iglesias, campanarios, castillos, muros almenados, valles, ríos correntosos, puentes, caminos que se perdían, una bandada de patos sobrevolando una laguna, saltos de agua, álamos, abedules, un rebaño de cabras trepando hacia la cima de un monte donde se erguía una fortaleza, viñedos, manchas de colores, verdes, ocres, amarillos, rojos, estaciones, trenes, andenes, mujeres y hombres junto a sus valijas, vías que se bifurcaban, barreras y señales, carteles con nombres familiares y otros desconocidos, torres de agua, columnas de electricidad, acueductos, edificios, ropa tendida en las ventanas, desarmaderos de autos, una planta de caquis cargada de frutos, rectángulos perfectos de campos cultivados, ramas retorcidas surgiendo de la neblina, gente encorvada trabajando la tierra, fardos de pasto, una hilera de árboles altísimos sobre el fondo gris, casas sólidas y aisladas en la llanura, bosques, nubes, un gran perro ladrando en un balcón, fábricas, máquinas excavadoras, camiones, grúas, silos, tractores, chimeneas humeantes, un jardín lleno de flores, pájaros oscuros en un cielo que amenazaba tormenta, nuevamente montañas.

Allá afuera las cosas seguían llegando y huyendo. Todavía formaban parte de la vigilia, de la espera. Paciente, Agata las miraba pasar. Sabía que en el extremo de esa larga cinta, en alguna parte, estaba también la estación de su pueblo, y que en cualquier momento vendría por fin a buscarla.

11

Del otro lado del vidrio el mundo comenzó a detenerse y Agata vio, avanzando hacia ella, el cartel que decía Tarni. El muchacho de los auriculares, el único que aún quedaba en el compartimiento, cargó con su valija a lo largo del pasillo, la depositó en el andén, le tendió una mano para ayudarla a bajar, le deseó buena suerte y volvió a subir.

Soplaba el viento, comenzaba a oscurecer y había faroles encendidos alrededor. Agata vio un cerro, ahí nomás, por encima de la estación, negro y con un gran tajo claro en el medio, abierto por los trabajos de extracción de granito. Se quedó parada junto a la valija y sintió que, después de la prolongada inercia del viaje, no le sería fácil moverse. Ahora que había llegado, no era euforia lo que la invadía sino el comienzo de un inexplicable temor. Le parecía que el aire frío presionaba sobre ella como una gran carga, y que aquel andén era el camino más largo y trabajoso que le había tocado enfrentar en su vida. El tren arrancó detrás de ella, lo oyó alejarse, percibió el vacío que se había hecho a sus espaldas y se sintió pequeña e indefensa. Después, en la estación de su pueblo, en el aire de su pueblo, en el anochecer de su pueblo, alguien pronunció su nombre:

—Agata.

Al girar la cabeza se encontró con una mujer que le tendía los brazos. Apenas tuvo tiempo de mirarla y supo que no la habría reconocido. Al separarse del abrazo e intercambiar las primeras frases, detectó en aquella cara algunos rasgos que le recordaron a su hermano muerto. Pensó que Elvira tenía ocho años cuando ella había partido, que había pasado mucho tiempo, que no sabían nada la una de la otra y que, en resumen, eran dos desconocidas.

Salieron de la estación, metieron la valija en el coche y partieron. Anochecía rápido. Mientras Elvira le hacía preguntas, Agata indagaba a través de la ventanilla. Sólo vio luces a lo largo de una avenida y le dio la impresión de que había llegado a otro lugar, uno que desconocía.

El trayecto fue breve. Pararon frente a una plazoleta con una estatua de Garibaldi. Elvira vivía en un departamento, en un segundo piso. Subieron por una escalera mal iluminada y cuando llegaron arriba Elvira tocó timbre. Desde el departamento de enfrente llegó una voz de mujer que insultaba y ruido de cacerolas al entrechocarse. Elvira le dijo a Agata que no se asustara, que era la vecina, que estaba mal de la cabeza y siempre hacía lo mismo cuando los oía entrar o salir. Se abrió la puerta y apareció Ercole, el marido de Elvira. Detrás estaban Massimo y Anselmo, los hijos.

—¿Cómo está, señora? —dijo Ercole tendiéndole la mano.

Era un hombre alto y la sequedad del saludo y la frialdad de aquella mano intimidaron a Agata. Massimo y Anselmo la besaron en la mejilla y se apartaron. Hubo algunas aclaraciones dirigidas a los chicos acerca del parentesco y la historia de Agata, cosas que ellos seguramente ya sabrían, pero que Elvira, por alguna razón, se sintió obligada a reiterar.

—La hermana del abuelo Carlo, la que se fue a América.

Los chicos asintieron.

—¿Se acuerdan de que les mostré la foto?

Volvieron a asentir.

Todavía estaban parados cerca de la puerta, mirándose, y Agata tuvo la impresión de que ninguno sabía qué hacer.

—Adelante, tía —dijo Elvira—, está en su casa.

La ayudó a quitarse el abrigo, le acercó una silla:

—Siéntese. Debe estar cansada.

Agata se sentó.

—¿Un café?

Elvira fue a la cocina y Agata quedó sola con Ercole y los chicos. Les preguntó a Anselmo y a Massimo qué edad tenían y contestaron que catorce y trece. Les preguntó a qué colegio iban. Se lo dijeron y Agata comentó que debía ser nuevo, en su época no existía. Ercole caminó por la habitación, abrió un cajón y se puso a revisar unos papeles.

—¿Qué tal el viaje? —preguntó sin mirarla.

Agata dijo que en general bien, salvo el robo de los documentos. Contó algunos pormenores, su impresión de Roma, habló de las gitanas y lo que le había contado Sor Verónica.

—A esa gente habría que cargarla en camiones y tirarla en alguna parte, ¿no le parece? —dijo Ercole.

—No sé —dijo Agata sonriendo.

—¿Qué es eso de que son menores, que no tienen documentos ni domicilio? Hay que apilarlos como la basura y llevarlos bien lejos para que no vuelvan más.

Desde la cocina Elvira gritó:

—Éste es un país de grandes principios, un ejemplo de civilización; esas cosas no se pueden hacer.

Ahora Ercole se había acercado a Agata, estaba parado frente a ella, habló mirándola a los ojos y la voz sonaba amenazadora. Era como si la estuviera acusando.

—Muy civilizado, muy democrático; pero, mientras tanto, los que mandan se roban todo —dijo.

—Listo el café —dijo Elvira que volvía con una bandeja.

—No se salva nadie —siguió Ercole—. Todos delincuentes. Ya se dará cuenta.

—No la asustemos, pobre tía, acaba de llegar —dijo Elvira.

Los chicos permanecían quietos en un sillón. Agata advirtió que la observaban con rara curiosidad, como si fuese un animal exótico, y comenzó a sentirse incómoda. Ercole encendió un cigarrillo, se sentó mirando la pared y no volvió a abrir la boca. Elvira, en cambio, mientras servía y azucaraba el café, no paraba de hablar, y Agata sintió que lo hacía para evitar el silencio que sobrevendría si también ella callaba.

Terminado el café, Elvira le mostró el departamento y reiteró lo que había anticipado en la carta: la casa era chica pero ya se arreglarían. La guió al cuarto de Massimo y Anselmo, donde Agata dormiría. Los chicos mientras tanto se acomodarían en el living, donde había un sofá y habían trasladado una de las camas.

—Póngase cómoda, desempaque sus cosas, avíseme si necesita algo, dentro de un rato cenamos.

Agata abrió la valija, sacó los regalos y colgó algunas prendas en el placard. Cuando Elvira la llamó, le entregó los paquetes. Eran una blusa para ella, un adorno para la casa, dos juegos para los chicos, un pañuelo de cuello para Ercole y una caja de alfajores. Cada uno abrió el que le correspondía y Agata no notó gran entusiasmo. Ercole tomó la caja de alfajores, la estudió y dijo:

—De esto también hay acá.

Durante la cena la incomodidad de Agata no disminuyó. Massimo y Anselmo abandonaron rápidamente la mesa y se fueron a mirar televisión. Ercole, después de algunos vasos de vino, se volvió más conversador, aunque no más simpático. Agata, empujada por Elvira, habló un poco sobre la vida en la Argentina y se dio cuenta de que ninguno de los dos tenía idea de cómo era ese país ni dónde estaba ubicado, y que tampoco les importaba. Le preguntaron sobre su casa, si era grande, sobre las familias de sus hijos, a qué se dedicaban, cómo vivían: ¿tenían coche? ¿cuántos coches? En realidad, únicamente mostraban interés cuando se tocaba el tema económico. Agata, sometida a ese interrogatorio frío y distante, deseó que la sobremesa no se prolongara demasiado. También ella hubiese querido formular preguntas, pero no hubo oportunidad.

—Acá estamos pasando tiempos difíciles —dijo Elvira—, tuvimos épocas de oro, pero ahora las cosas cambiaron.

Le explicó que ambos trabajaban y que lamentablemente durante el día no podrían acompañarla, salvo los fines de semana. Agata dijo que no importaba, quería recorrer el pueblo despacio, le sobraba tiempo.

Pidió permiso para usar el teléfono y llamó a su amiga Carla. Cuando levantaron el tubo del otro lado, dijo:

—¿Carla?

—Sí.

—Adiviná quién te llama.

Silencio.

—Soy Agata, estoy en Tarni.

No pudo agregar mucho más. Carla era una catarata de preguntas y de entusiasmo. Por fin se calmó. Quedaron en verse a la mañana siguiente.

—Mi nieta te pasa a buscar antes del mediodía —dijo Carla.

Agata colgó y tardó en reponerse. Permaneció sentada, con la mano todavía sobre el teléfono, mientras trataba, sin lograrlo, separar la voz que acababa de oír de la imagen de la Carla que había dejado cuarenta años antes. Después fue a la cocina y quiso ayudar a Elvira, que estaba lavando los platos.

—Debe estar muy cansada, tía, acuéstese, no vino a Italia para secar platos.

—Siempre los seco, es una de las cosas que extrañé cuando estaba en Roma sin documentos.

Sola con Elvira, Agata se sintió más a gusto y charlaron durante un rato. De todos modos, cuando saludó y cerró la puerta del dormitorio, respiró aliviada. Tomó sus remedios, se pasó la pomada por la rodilla y se acostó. Desde la cama, oyó a los dos chicos que en el living discutían sobre quién dormiría en la cama y quién en el sofá. Uno argumentaba que la cama que habían trasladado era la suya, el otro que no podía dormir en el sofá porque era muy duro.

La discusión se prolongó e intervinieron Elvira y el marido. Primero les gritaron a los chicos, después empezaron entre ellos. Ercole la acusaba de no saber manejar a los hijos. Elvira le reprochaba que nunca estaba en casa, siempre por ahí con el camión, solamente ella sabía lo que significaba lidiar con esos dos salvajes. Se olvidaron de los hijos y sacaron a relucir viejas historias, se echaron en cara esto y aquello, las voces y los insultos subieron de tono y finalmente Ercole gritó que él tenía que madrugar y no estaba para perder horas de sueño porque una pariente de su mujer había llegado de América. Sonó un portazo, las luces se apagaron y ya no se oyó más nada.

Agata tardó en dormirse. Se quedó con los ojos abiertos en la oscuridad, repasando su día y sintiéndose incómoda en esa cama.

Por la mañana, cuando se levantó, Ercole ya se había ido. Los chicos estaban desayunando y rápidamente salieron para el colegio. Elvira entraba al trabajo más tarde, así que tomaron una taza de café juntas. Agata sentía que la discusión de la noche anterior no se había extinguido y que, pese a las sonrisas de Elvira, seguía pesando. Elvira le dio un juego de llaves, le reiteró que la casa estaba a su disposición, que se manejara a su gusto. Agata le pidió que le mostrara dónde estaba la plancha porque quería repasar su ropa. Antes de que Elvira se fuera, le dijo que debían hablar del tema dinero, quería pagar su estadía, lo mismo que si estuviese en un hotel.

—No hablemos de esas cosas, tía.

—¿Por qué no? Yo quiero pagar mis gastos. Es lo que corresponde.

—No hay apuro —dijo Elvira—. Arreglamos al final.

—Me sentiría más tranquila si lo dejáramos aclarado ahora.

—Después. Hay tiempo.

—Prefiero que sea ahora —insistió Agata—, así puedo hacer mis números y saber de cuánta plata dispongo.

Elvira dudó y después dijo:

—No sé cuánto cobrarle.

Agata mencionó el convento de las monjas en Roma.

—¿Cuánto pagaba con las monjas? —preguntó Elvira.

Agata se lo dijo y agregó:

—Si estás de acuerdo te pago lo mismo.

—Está bien —dijo Elvira.

Pero Agata sintió que no estaba bien, que nada estaba bien. Cuando quedó sola se puso a pensar en la situación, se dijo que seguramente esa gente había albergado otras expectativas, quizás esperaban a una pariente de América que les llenaría la casa de grandes regalos o vaya a saber qué. Le resultó graciosa la idea de que alguien pensara en ella como una mujer rica.

Después, mientras planchaba, trató de olvidarse del asunto y se dijo que ahora le bastaba bajar los dos pisos y salir a la calle para caminar a gusto por su pueblo. Deseó que la nieta de Carla llegara pronto.

12

Tocaron timbre a las diez. Cuando Agata abrió la puerta la vecina del departamento de enfrente empezó a golpear las cacerolas. La nieta de Carla era una muchacha delgada y alta, de pelo corto, tendría veinticinco años, se llamaba Silvana.

—Mi abuela se muere por verla —dijo—. Empezó a las ocho de la mañana: "¿A qué hora vas a ir a buscar a Agata, a qué hora vas a ir a buscar a Agata?". Me parece que anoche ni durmió.

—¿Cómo está?

—Tiene más energía que yo. El problema son las piernas, le cuesta caminar. Una vueltita por la casa, por el jardín, no puede más que eso.

Bajaron y cuando salió a la calle Agata respiró con fuerza y retuvo el aire en los pulmones.

—Bueno, acá estoy —dijo.

—¿Ya dio una vuelta por el pueblo?

—Llegué de noche.

Más allá de la estatua de Garibaldi se extendía un gran espacio abierto y empedrado, con casas claras alrededor.

—Ahí se hacía la feria, una vez por semana —dijo Agata.

—Se sigue haciendo, todos los sábados.

—Y por este lado, doblando, había una plaza donde instalaban los juegos para San Giorgio.

—También esa plaza sigue estando. El mercado llega hasta ahí.

Se metieron en el coche, subieron por una calle flanqueada de negocios y al llegar arriba rodearon la iglesia y el campanario. Sentados sobre la escalinata, dos hombres charlaban y comían castañas asadas. Detrás de la iglesia estaba el colegio de monjas. Por encima del muro alto, Agata vio los balcones y las ventanas de las aulas del primer piso.

—Acá estudiaban mis hijos —dijo.

Se sorprendió al descubrir que el puesto de diarios donde compraba las revistas infantiles para Guido y Elsa seguía estando en el mismo sitio. Al fondo de una calle brilló la superficie del lago y Agata deseó que Silvana se desviara para bajar hasta la orilla.

Ahora, postergado todo pensamiento, Agata no era más que sus ojos. Miraba a derecha e izquierda, inquieta, ávida y esperanzada. Quería ver todo. A medida que avanzaban, iba nombrando en voz baja: el colegio comunal, Piazza Cavour, el convento, la Bajada de los Tres Partisanos, el monumento a Mazzini.

Silvana, sin disminuir la marcha, doblaba y volvía a doblar por las calles estrechas y de tanto en tanto la miraba de reojo.

—¿Cómo va? —le preguntó.

—Muchas cosas están igual.

Era cierto, estaban igual y sin embargo no acababan de ser las mismas de antes. Agata todavía no lograba reconocerlas del todo. Le parecía que, si cerraba los ojos, las imágenes que ella conservaba eran más reales que las que ahora se le ofrecían, tan sólidas y despojadas y, de una extraña manera, distantes.

—¿Qué planes tiene para hoy? —preguntó Silvana.

—Lo primero que quiero hacer es ir a ver mi casa —dijo Agata.

—Después la llevo.

—Traje la cámara, quiero sacar algunas fotos.

Pasaron delante de un par de tabaquerías con largas colas de gente frente a las puertas.

—¿Qué hacen? —preguntó Agata.

—Cigarrillos. Las fábricas están de huelga. Ya no queda nada en las tabaquerías, ni cigarrillos, ni cigarros, ni tabaco. Hoy se corrió el rumor de que el distribuidor entregaría algo, pero el camión repartidor todavía no llegó. Tal vez ni aparezca. De todos modos, sólo venden un atado por persona. Esa gente está ahí desde las seis de la mañana.

—¿Hasta cuándo piensan esperar?

—Se turnan.

—Me parece que ni durante la guerra estaba así la gente —dijo Agata sonriendo.

—No se habla de otra cosa. En estos días todos andan como locos, más vale no discutir con nadie ni tropezar con nadie en la calle ni rozar el coche de nadie. Y si uno tiene cigarrillos, mejor no fumar en lugares públicos: lo miran como si fuese un criminal.

Salieron de la parte vieja del pueblo. Ahí sí se notaban cambios: edificios altos, confiterías, un supermercado. Silvana no encontraba sitio libre para estacionar. Dio un par de vueltas. Por fin dijo:

—Hagámoslo a la napolitana.

Subió el coche a una plazoleta y lo dejó ahí.

La casa de Carla estaba del otro lado de la calle. Había un jardín delante. Silvana abrió la puerta y gritó:

—Abuela, llegamos.

Entraron en una sala que recibía luz desde un ventanal que ocupaba toda una pared. Agata se detuvo después de cruzar el umbral y esperó a que sus ojos se ambientaran. Vio a una anciana que la miraba desde un sillón y se dirigió hacia ella con paso incierto. Mientras avanzaba, por su cabeza desfilaron, rápidas y confusas, escenas de otros tiempos. Por un momento borraron la realidad de esa habitación donde, más que en las calles, más que con Elvira, Agata sabía que iba a encontrarse con su historia. Aquella figura arrugada que la estaba esperando le confirmaba, como nunca se lo había manifestado ningún espejo, el paso de sus propios años. Sintió también que ahora, la voz en el teléfono de la noche anterior encontraba su verdadera cara.

—Virgen santa —dijo Carla cuando estuvieron cerca—, miren quién está acá.

Seguramente se había arreglado para recibirla. Tenía color en las mejillas y un peinado muy cuidado.

Agata se inclinó sobre ella y se abrazaron. Carla la separó estirando los brazos y manteniéndola sujeta:

—Dejáme verte. Estás hecha una muchacha.

Agata sonrió. Carla le pidió que se sentara frente a ella. Silvana trajo una silla y Agata se sentó.

—Más cerca —dijo Carla.

Agata se corrió hacia adelante hasta que sus rodillas se tocaron con las de Carla. Carla le tomó las manos y se las acarició, sin hablar, sin mirarla, los ojos bajos. Murmuró:

—Cuántos años.

Le cayeron algunas lágrimas y se las secó con la punta de los dedos. Permanecieron así, en silencio, las manos en las manos.

—Contáme —dijo Carla—, contáme todo.

—¿Por dónde empiezo? ¿Qué querés que te cuente?

—Todo, desde el principio.

Agata miraba a Carla, miraba a Silvana que permanecía parada detrás de Carla, y le pareció que no podría ir más allá de la primera frase, pero después se animó y comenzó a resumir, a grandes rasgos, lo que había sido su vida desde que había partido. Carla escuchaba moviendo la cabeza, de vez en cuando la interrumpía para pedir alguna aclaración y luego decía:

—Seguí.

Ahora sonreían las dos. Agata se sentía bien y le parecía que hubiese podido hablar horas y horas.

—En estos días me estuve acordando de tantas cosas —dijo Carla—. Hasta de tu suegra.

—¿Por qué de mi suegra?

—Algo que pasó en la época que vivió en tu casa, cuando estaba por nacer tu hijo. Un día fue a encender el fuego para cocinar, se le abrió la caja de fósforos, se cayeron al piso y empezaron a prenderse y a arder. Mirá de lo que me vengo a acordar.

—Es cierto. Me había olvidado de esa historia. Nosotras estábamos en el patio y la oímos gritar. Cuando llegamos trataba de apagar los fósforos golpeándolos con el delantal.

—Estaba desesperada, lloraba. Cómo lloraba. No tenía consuelo esa mujer.

—¿Por qué tanta desesperación? —preguntó Silvana.

Carla giró la cabeza hacia ella y habló sin dejar de mirarla:

—Otros tiempos. Era otro mundo. Los jóvenes de hoy no tienen idea, no podrían entenderlo. La vida era dura, todo costaba grandes sacrificios. Un fósforo era sagrado. Yo recibí esa enseñanza y no la olvidé nunca. Todavía hoy, si hay una hornalla encendida, uso un fósforo gastado para prender otra.

Durante un rato ése fue el tema de conversación. Carla recordó a las mujeres de su familia, madre, abuela. Mujeres dobladas bajo los fardos de leña y las bolsas de papas, cuerpos quebrados, otros tiempos.

—¿Quién tiene más años de las dos? —preguntó.

—Yo cumplí ochenta en agosto.

—Entonces soy más joven. Todavía tengo setenta y nueve.

Después Carla se echó hacia atrás en el sillón, dejó vagar la mirada y las facciones de su cara se dulcificaron aún más. Era como si se hubiese ido.

—Deberíamos llamarla a Lucía y avisarle que volviste —dijo por fin Carla—. Vive lejos, pero a lo mejor uno de los hijos la trae y podríamos almorzar las tres juntas un domingo.

Agata se sobresaltó y no supo qué contestar. Lucía, la tercera del grupito de amigas de la adolescencia, había muerto diez años atrás. Se había enterado precisamente por unas líneas que le había mandado Carla, en una de las tarjetas navideñas. Agata vio que Silvana, parada siempre detrás de Carla, le hacía una seña. No la entendió, pero supo que debía seguir la charla con naturalidad.

—Se va a poner contenta de que estemos otra vez las tres juntas —dijo Carla—. ¿Te acordás cuando íbamos al Fantoli? Hasta hace unos años, cuando las piernas todavía me respondían, yo iba a bailar. Reuniones para gente mayor, por la tarde. Igual que cuando éramos jóvenes. A nosotras no nos dejaban salir de noche. Si no fuera por esta desgracia todavía sería capaz de pintarme, ponerme ropa nueva y hacerme llevar al salón de baile. A tu marido no le gustaba bailar, me acuerdo. Lindo hombre, tuviste suerte. Nunca te lo dijimos, pero nosotras te lo envidiábamos. ¿Cómo está él?

Agata volvió a mirar a Silvana. En su momento le había escrito a Carla sobre la muerte de Mario, y había recibido unas líneas de pésame. De todos modos no tuvo necesidad de contestar. Carla seguía hablando, parecía evidente que ya no se detendría. Agata asentía, se esforzaba por sonreír.

Silvana colocó una mano sobre el hombro de Carla, le acarició la cabeza y le dijo:

—Abuela, Agata quiere ir a ver su casa, después vuelve y siguen charlando.

—Seguro —dijo Carla—, tenemos mucho tiempo.

Cuando llegaron a la calle Silvana comentó que Carla en general estaba bien, aunque a veces se le confundían las cosas, perdía noción del tiempo y hablaba de gente que ya había muerto como si estuviera viva. No ocurría muy a menudo, sólo de tanto en tanto, sobre todo cuando recibía una emoción fuerte.

—Es cierto que siguió yendo a los bailes mientras pudo

caminar. No acepta ser vieja. A lo mejor por eso se olvida de que ciertas personas ya no están más. No se resigna a perder cosas. ¿Sabe lo que hizo hace poco? Tenía un jarrón que quería mucho, porque era de su madre. Se le cayó y se rompió. Para no tirar los pedazos a la basura los enterró en el jardín.

13

Cruzaron hasta la plazoleta donde estaba el coche. Silvana abrió la puerta y Agata dudó.

—Prefiero ir caminando.

—Está bien —dijo Silvana—, caminemos.

Tomaron por una callecita angosta, empedrada y en sombra. Los pasos resonaban fuerte y abriendo los brazos casi se podían tocar ambas paredes. Arriba había ventanas y balcones con flores colgando. Desembocaron en una avenida bordeada de pinos que subía en dirección a las montañas.

—Por ahí se va a su casa —dijo Silvana.

—Conozco el camino —dijo Agata sonriendo.

—Seguro —dijo Silvana.

Hizo un gesto como disculpándose y la tomó de un brazo. Anduvieron a paso lento, Silvana adaptándose al ritmo de Agata.

Había una gran calma alrededor, alterada sólo por los motores de los coches. Se veían pocas personas caminando. Algunas se paraban a leer los avisos fúnebres pegados a los muros y comentaban entre ellas. Eran hojas blancas, con bordes y letras negras. También Agata leyó. Creyó reconocer algún apellido y trató de hacer memoria.

En la primera bocacalle vio entero el Monte Rosso, se

detuvo para contemplarlo y lo nombró en voz alta. Era imponente, dominaba el pueblo y el cielo. Una mole grande y quieta y que sin embargo tenía algo de cosa viva. Agata volvió a encontrar la idea olvidada de que el Monte Rosso le recordaba un animal. Un enorme y antiguo animal emergiendo de la tierra, el lomo alto, la cabeza hundida entre las patas, frenado e inmovilizado en la furia de una embestida. Recibía la claridad del mediodía y la cresta y las laderas eran como una piel sedosa, una lana o una espuma donde brillaban los colores del otoño: dorados, anaranjados, ocres, rojos, grises, blancos. Agata volvió a nombrarlo.

Al fondo, en el aire limpio, se recortaba una cadena de montañas, con las manchas claras de los pueblos colgados en las pendientes, los campanarios finos, las marcas de los cultivos escalonados que subían hacia las casas. Y más atrás todavía la cima alta y solitaria de un cerro puntiagudo, donde se notaban estrías blancas, tal vez de nieve, tal vez de luz.

Siguieron y llegaron a una calle que durante la guerra había marcado un arbitrario límite del pueblo, establecido por los fascistas. Desde el río San Giovanni al San Giorgio, cada cien metros, habían construido puestos de control y de defensa contra los ataques de los partisanos que bajaban por la noche de las montañas. Agata se lo explicó a Silvana.

—Nosotros vivíamos del otro lado de esta línea, así que para ir a trabajar o al centro del pueblo debíamos pasar por alguno de los controles. En esa época no quedaba nada entero por acá, ni árboles, ni postes, ni faroles, ni ventanas. A éste lo llamábamos el Puesto de la Virgencita.

En el cruce, aún estaba el tabernáculo: rústico, empotrado en la pared, con techo a dos aguas y dos columnitas sosteniéndolo. Detrás de la reja, la pintura pobre y descolorida de una Virgen, y a los costados dos cabezas de ángeles con las alas naciéndoles del cuello. En la base, en un frasco de vidrio, algunas flores de plástico cubiertas de polvo. Una lagartija cruzó rápida sobre la cara de la Virgen y se perdió en una ranura.

—La recordaba más linda —dijo Agata.

Había un banco de piedra bajo el tabernáculo y Agata propuso que se sentaran. Miró hacia un lado y hacia el otro y después levantó una mano y la movió despacio, abarcando lo que tenían enfrente.

—Donde están todas esas casas había un parque inmenso, con una villa en el centro. Y del otro lado, una estación y un trencito que recorría aquellos pueblos de allá arriba. ¿Qué habrá sido del trencito?

—No lo conocí. Ni siquiera sabía que hubo uno. Para mí esto fue siempre más o menos así.

—Detrás de la estación había un caserón que fue bombardeado y donde murió mucha gente. Algunos eran compañeros míos, de la fábrica.

Agata calló. Seguían desfilando los coches, siempre con el acelerador a fondo; tomaban las curvas sin disminuir la velocidad y bajo aquel cielo vacío, en el gran silencio de las montañas, eran como un ultraje.

—¿Seguimos? —dijo Silvana.

—Vamos.

A la casa de Agata se podía ir por dos caminos. Uno era la calle ancha por la que ahora avanzaban. Si todo seguía igual que entonces, se podía ver la casa bastante antes de llegar, porque estaba ubicada sobre una loma. Se accedía por unos escalones de piedra y luego por un sendero que bordeaba la parte superior de la cuesta. El otro camino era una callecita que subía por una zona descampada —así la recordaba Agata— y pasaba por el fondo del terreno, justo donde estaba el nogal.

—Me gustaría ir primero por el lado de atrás —dijo Agata.

—Lo que usted diga.

Se desviaron y tomaron por una calle sin veredas, flanqueada a la derecha por casas con jardines y a la izquierda por un largo muro cubierto de hiedra. En todos los portones había letreros que decían: *Cuidado con el perro*. Enfrente, entre la hiedra, asomaban retablos con las estaciones del Via Crucis. De tanto en tanto un perro se abalanzaba contra las rejas y el ladrido las acompañaba durante un trecho. Cuando oían que se acercaba un coche, Agata y Silvana se pegaban a la pared. A Agata le parecía que los motores y los perros eran una misma cosa, le transmitían la misma rabiosa ferocidad.

Después el camino hacía una curva y se ensanchaba. También ahí los cambios eran grandes, no quedaba casi nada de lo que Agata recordaba. Señaló una estación de servicio:

—Ahí había una quinta. El dueño se llamaba Tarzini. Cuando volvían del colegio, los chicos entraban a robar frutas.

Más adelante leyó en voz alta el nombre de lo que parecía un club. Un gran letrero anunciaba cursos de artes marciales.

—Acá había una hostería donde mi marido venía a jugar a las bochas.

Seguían casas de dos y tres pisos, con cocheras en el subsuelo:

—Ahí había un tambo donde veníamos a buscar la leche recién ordeñada.

Se detuvieron frente a un negocio de repuestos para autos:

—Acá había una casa abandonada y una galería donde los gitanos que pasaban por el pueblo paraban con sus carros. Al lado, los fascistas construyeron otro puesto de control. Lo llamábamos el Puesto de los Gitanos. Ahí enfrente había un campito. Una vez fui a refugiarme durante un bombardeo y me tiré en medio de las ortigas.

Agata todavía esperaba que, a medida que se acercaban a la zona donde estaba la casa, apareciera algo para recibirla, no sabía qué, una señal, una forma de saludo, una identificación. Pero, cada vez más, se sentía como una extraña, una turista frente a esos cambios. Entonces se detenía y buscaba un lugar donde sentarse.

—Si está cansada traigo el coche —dijo Silvana.

—No estoy cansada.

—Voy y vengo, son diez minutos, me espera acá.

—No hace falta. Quiero caminar.

No era cansancio lo que la frenaba. Ahora se debatía entre el ansia por llegar y el miedo de llegar. No quería entregarse y dejarse dominar por la sorpresa y la confusión ante aquellas cosas nuevas, se esforzaba por asimilarlas antes de seguir avanzando. Se imponía pausas. Necesitaba tiempo, transitar poco a poco esa calle, adaptarse a ese paisaje, a todo lo que iba incorporando y también perdiendo en cada tramo de camino. Necesitaba aquietar y equilibrar la impaciencia y la desilusión.

Cuando se sentía en condiciones de seguir se levantaba y decía:

—Adelante.

Llegaron a un nuevo cruce y a un bar.

—Acá había una carpintería. Mi hijo se había hecho amigo del carpintero, venía a verlo para que le fabricara armas de madera. Cuando por la noche comenzaban los tiroteos y poníamos los colchones en el piso, lejos de las ventanas y las puertas, él buscaba su fusil. Durante la guerra los chicos jugaban a la guerra.

Ahí, en el cruce, debían doblar. Estaban cerca ya, a unos trescientos metros de la casa. Siguieron durante un trecho corto. Agata disminuyó la marcha y finalmente se detuvo. Dio media vuelta y permaneció indecisa.

—¿Pasa algo? —preguntó Silvana.

—Sentémonos un rato en el bar —dijo Agata.

Regresaron y entraron en un salón lleno de brillos de espejos y maderas lustradas. Pidieron dos capuchinos. Había tres hombres y una mujer pelirroja contra la barra. Eran los únicos clientes. Comentaban la cifra que cierto club había pagado por un jugador de fútbol. Los hombres consideraban que era una gran adquisición. La mujer no estaba de acuerdo y se hacía oír, tenía una voz aguda que tapaba a las otras tres.

Agata miraba a través del vidrio, en dirección a su casa, sin descubrir nada que le fuese familiar. El caminito —que recordaba estrecho y serpenteante entre arbustos de morera— se había convertido en una calle asfaltada. Alcanzaba a ver una agencia de autos, un colegio, una peluquería, una pizzería, algunos feos edificios con ropa tendida en los balcones. Se acordó del mapa dibujado con Silvia.

Al fondo apareció una mujer en bicicleta. Era una figuna oscura y solitaria, una imagen de otros tiempos. Agata concentró su atención en ella. Durante unos minutos, mientras avanzaba y se definía, borró el resto. La bicicleta llegó al cruce, pasó frente al ventanal y desapareció.

Entonces volvió lo de antes: las construcciones, el asfalto, la discusión. La pelirroja estaba enardecida, gesticulaba. Según ella, aun regalado, ese jugador era mal negocio: "Gratis es caro, vean lo que les digo". Los otros tres reían, burlándose. Cada vez hacían más ruido, hablaban los cuatro al mismo tiempo, parecían una multitud.

—¿Quiere que sigamos? —dijo Silvana.

—Esperemos un poco más.

—¿Todavía no quiere llegar?

—Todavía no.

14

Dejaron el bar con la pelirroja y los tres tipos todavía a los gritos. La base de la discusión seguía siendo la misma, pero ahora abarcaba otros temas: cambio de mentalidades, el siglo nuevo, los medios de comunicación. En otro momento hubiese sido divertido permanecer en la mesa y comprobar hasta dónde podía llegar aquel delirio.

—Pueden seguir así hasta la noche —dijo Silvana—. ¿También donde usted vive la gente arregla el mundo en los bares?

Encararon el último tramo por la calle vacía. Tampoco ahí se veían personas caminando. Seguían los jardines, las rejas, los perros, las fachadas claras a ambos lados, el silencio. Bajo una glorieta, vieron a un hombre joven y muy gordo, sentado, la cabeza entre las manos, hablándole a un pájaro enjaulado. Los golpes de brisa traían de tanto en tanto el rumor de una sierra mecánica.

—Acá no había más que prados y quintas —dijo Agata.

—Ya estamos llegando —dijo Silvana—. ¿Reconoce algo?

—Casi nada.

—Mire bien.

—Sé dónde nos encontramos, pero todo es diferente. Si

cierro los ojos veo lo de antes, cuando los abro estoy perdida.

Sólo la luz era la misma. Sin embargo, pese a los cambios, pese a las evidencias, Agata todavía esperaba el milagro de encontrar la casa y el terreno tal como los conservaba en el recuerdo, intocados, preservados. Confiaba en verlos surgir como un oasis en medio de aquella invasión de edificaciones.

Silvana se detuvo:

—¿Todavía nada?

—Nada.

Avanzaron un poco más.

—Ahí está, ésa es su casa —dijo Silvana.

Agata, sorprendida, miró y tardó o se negó a identificarla. Hubiese querido decir que no, hubiese querido no reconocerla, porque de alguna penosa manera no era su casa. Pero era. Planta baja y primer piso, el balcón con baranda de hierro todo a lo largo del frente. Estaba entre dos construcciones nuevas que la superaban en altura. El terreno con los almácigos y los árboles frutales había desaparecido. Quedaba una estrecha lonja de tierra con una doble hilera de lajas: el camino de acceso. Lo bordeaban dos muros bajos. Más allá de los muros, otras casas. A Agata todo le pareció pobre y triste. Había llegado. Se lo repitió mentalmente varias veces. Pero lo único que había en ella era desencanto. Tardó en reponerse, sintió el peso del cansancio y al mismo tiempo tuvo la sensación de que acababa de cometer un error, de que había visto lo que no debía y que ya no podría dar marcha atrás.

—Sí —admitió—, es ésa.

Pasó una moto detrás de ellas. Cuando se perdió volvió el silencio y después, intermitente, el sonido de la sierra mecánica. Agata avanzó unos pasos y se detuvo donde comenzaban las lajas. Había un portón de rejas, de una sola hoja, estaba abierto.

—¿Quiere que entremos? —preguntó Silvana.

—Quiero mirar un poco desde acá.

Silvana se colocó a su lado y durante un rato no hablaron.

Agata dijo:

—Esa casa la construyeron mis abuelos y mi padre.

Y luego:

—La empezaron mis abuelos, la siguió mi padre, poco a poco, ladrillo a ladrillo, habitación por habitación.

Entonces reparó en que se encontraban a un par de metros de donde debería estar el nogal. Hasta ese momento había estado segura de que lo volvería a encontrar. En tantas pérdidas posibles, en tantas dudas, aquel árbol era una de las pocas cosas que había seguido viviendo en ella como una imagen indestructible.

—No está más —dijo.

—¿Qué?

—El nogal.

El lugar estaba ocupado por dos macetones con arbustos y detrás, apiladas, cuatro cubiertas de coche en desuso. Agata se acercó y estudió la tierra, como si todavía pudiese detectar algún rastro del tronco o las raíces. Después levantó la mirada hacia el cielo, hacia el ramaje inexistente.

Entraron y avanzaron despacio por el camino de lajas. Agata siempre buscando alrededor algo que le resultara familiar. A cada paso se detenía y se esforzaba por reinstalar en aquel paisaje nuevo lo que se había perdido. Las vides, el ciruelo, el peral, el duraznero. Tenía recuerdos nítidos de aquellos árboles, podía volver a verlos sin esfuerzo y señalar con precisión los sitios que habían ocupado. Hubiese podido dibujar sus formas, los troncos, las ramas. Hubiese podido contar historias ligadas a cada árbol.

—Acá plantábamos las hortalizas, detrás había una franja para el pasto, mi marido lo cortaba y cuando estaba seco lo entrábamos al henil, para el invierno. Teníamos tres ovejas y un par de cabras. Allá estaba el estercolero. En el límite del terreno florecían las violetas.

Cuando se acercaron a la casa oyeron unos ladridos y se detuvieron. Después vieron al perro correr en el extremo de una cadena enganchada mediante un anillo a un alambre. El alambre iba de un poste a otro y el animal sólo podía moverse entre esos dos puntos. Se lanzaba hacia adelante y parecía que fuera a estrangularse.

—Por suerte está atado —dijo Agata.

Siguieron avanzando y cuando llegaron al patio de tierra el perro estaba terminando de enloquecerse. La casa casi no había cambiado. Una ampliación —dos habitaciones en uno de los extremos— no modificaban el aspecto original. Las puertas, las ventanas, seguían en el mismo sitio. Agata se acercó, levantó una mano y se movió deslizándola por la pared. Llegó hasta la puerta y tocó la manija.

—Todavía está la pileta —dijo señalando un piletón cuadrado, un metro de altura, adosado a la pared exterior.

Se le cruzaron algunas imágenes. Sus hijos parados dentro del piletón en algún anochecer de verano, riendo y lavándose los pies después de andar descalzos todo el día. Mario con el torso desnudo, inclinado y echándose agua sobre el cuello y la cabeza con un jarro. Ella fregando ropa, limpiando la verdura.

—¿Habrá alguien? —dijo Silvana.

Estaba por golpear cuando apareció una mujer en una ventana de la planta alta. Le gritó al perro y lo hizo callar. La saludaron.

—¿A quién buscan? —preguntó la mujer.

—Sólo queríamos mirar la casa —dijo Silvana.

—No está en venta.

—No somos compradoras. La señora vivió acá, hace mucho. Se fueron a América —se volvió hacia Agata—. ¿Cuánto hace?

—Cuarenta años —dijo Agata sin levantar la voz.

—Hace cuarenta años —dijo Silvana a la mujer—. Ésta es la primera vez que vuelve. Quería verla.

La mujer dudó, parecía desconfiar.

—¿Podemos mirar? —insistió Silvana.

—Miren —dijo la mujer.

Siguieron hasta el extremo del patio.

—Acá había una puerta que daba al sótano, donde hacíamos el vino —dijo Agata—. La tapiaron.

Mientras se movía y hablaba no podía evitar sentir que la observaban desde la ventana. Aquella mujer estaba dentro de la casa, era la dueña del lugar y de la situación. Agata estaba afuera, abajo, mendigando. Ese patio había sido todavía suyo en el largo recuerdo y en la nostalgia. El reencuentro acababa de despojarla de todo derecho. Ahora sólo podía pedir como favor que le permitieran mitigar un momento su necesidad, recorrer, tocar, tomar prestado.

—Ahí había una higuera y un galponcito donde mi padre tenía la fragua, después lo usamos como depósito para la leña. Acá había una mesa y dos bancos de piedra. Arriba, una glicina.

La mujer seguía allá, quieta en su puesto de privilegio. Aquella presencia y aquella mirada pesaban sobre Agata como una humillación. Así era como las sentía. Había sufrido humillaciones en su vida: durante la niñez, en la adolescencia, cuando fue adulta, y siempre había esgrimido frente a esas violencias alguna forma de defensa. Indignación, rebeldía, también paciencia. Respuestas de las que quizá ni siquiera tuvo conciencia en su momento, pero que habían sido el sustento y el resguardo de su dignidad. La opresión que ahora la dominaba era diferente y confusa, la dejaba desamparada, era como si una parte importante de su historia fuera borrada de golpe y dejase de existir. Peor aún, como si no hubiese existido nunca. Estas evidencias no le producían dolor, era un sentimiento más oscuro, que le negaba hasta la posibilidad del dolor, que la anulaba, lanzándola lejos, a una zona de vacío.

Oyó la voz de Silvana:

—¿Quiere que le preguntemos algo?

—¿Preguntar qué?

—Lo que usted quiera saber.

—Cuánto hace que vive acá —dijo Agata a media voz.

Silvana repitió en voz alta:

—¿Cuánto hace que viven acá?

—Ocho años —dijo la mujer—. La casa la compró mi suegro, después vinimos a vivir nosotros.

—¿Cuánto hace que su suegro la compró?

La mujer calculó y dijo distraídamente que haría unos quince años.

—¿Se acuerda quiénes eran los dueños anteriores? —se animó Agata.

La mujer hizo memoria y encontró el nombre de los viejos propietarios. Agata dedujo que después de la partida y la venta por poder desde la Argentina, la casa había pasado al menos por tres manos.

—¿Y antes de ellos?

—Tanto no sé —contestó la mujer.

Esto último lo dijo con un tono de impaciencia en la voz y dejó entrever que ya no tenía ganas de seguir informando acerca de su historia con la casa, ni de escuchar lo que esas dos mujeres pretendían contarle. Quizá tuviese cosas que hacer y le estaban haciendo perder tiempo.

—¿La habrán modificado mucho adentro? —dijo Agata.

Silvana transmitió la pregunta.

—Algunas modificaciones se hicieron —dijo la mujer.

Separó los codos del alféizar, se enderezó y pareció que iba a retirarse, aunque volvió a la misma posición, tal vez porque la situación, después de todo, le despertaba curiosidad o también para controlar que las dos intrusas se retiraran finalmente de su patio.

—¿Quiere preguntarle algo más? —dijo Silvana.

—No, nada más.

—Déme la cámara.

Agata abrió la cartera y se la dio. Silvana la mostró y preguntó:

—¿Podemos sacar una foto?

—Saquen —dijo la mujer encogiéndose de hombros.

Silvana se volvió hacia Agata:

—¿Quiere?

Agata no contestó porque ahora la propuesta acababa de desconcertarla. ¿Qué significado tenía? Estaba ahí, venida de lejos, extraviada en la luz de la tarde, en ese sitio que le había pertenecido, donde había vivido y trabajado y sufrido y sido feliz, donde había tenido sus primeros encuentros con Mario, donde había visto crecer a sus hijos. Estaba ahí y carecía de voluntad. Su expectativa de años se había diluido. Oía una voz preguntarle si quería sacarse una foto y ésa parecía ser la única compensación que le quedaba, una última limosna.

—¿Quiere? —volvió a preguntar Silvana.

—Bueno —dijo Agata.

Silvana retrocedió unos pasos, levantó la cámara y enfocó a Agata.

—Avance un paso.

Agata obedeció.

—Quieta.

Agata se puso rígida y se sintió como una nena. El mismo pudor, la misma vergüenza de una nena a la que le sacan una foto por primera vez. Silvana apretó el disparador.

—No se mueva. Otra.

Silvana cambió de posición.

—Que salga también la pileta —dijo Agata.

—Sale todo —dijo Silvana—. Ya está.

La mujer seguía mirándolas con su actitud indiferente.

—Bien, nos vamos —dijo Silvana.

La mujer asintió con la cabeza. Se despidieron y se encaminaron hacia la salida.

—Podría habernos invitado a entrar —dijo Silvana.

Apenas pasada la casa, en un costado, había un revoltijo de materiales en desuso: maderas, postes, un rollo de alambre tejido oxidado. Agata tuvo un sobresalto.

—Ahí estaba el gallinero.

Se acercó:

—A lo mejor es el mismo alambre.

Siguieron por el camino de lajas. Cuando estaban llegando al portón Agata se detuvo y se dio vuelta.

—Antes de irnos mi hijo enterró una caja de lata —dijo.

—¿Una caja?

—Con sus juguetes adentro.

—Un tesoro.

—Eso decía él.

—Igual que los piratas.

—Decía que algún día volvería a buscarlo.

—¿Dónde lo enterró?

—Justo acá, cerca de donde estaba el nogal.

—Sería bueno desenterrarlo.

—Pasó tanto tiempo, ya no debe quedar nada.

Cruzaron el límite de la propiedad, estuvieron nuevamente en la calle y a Agata le vino a la memoria la mañana de su partida. Le parecía que ahora, más que aquella vez, salía de esa casa para siempre.

15

Regresaron por otro camino. Agata miraba distraída alrededor, sin hacer comentarios. En su cabeza, sólo cabían las imágenes del encuentro con la casa. Necesitaba tiempo y resignación para que se le volvieran aceptables. Se descubrió pensando en partir.

Pasaron a buscar el coche.

—¿Quiere ir a ver el lago? —preguntó Silvana.

—Vamos —dijo Agata.

Bajaron a la costa, cruzaron la avenida y se acodaron contra el parapeto de cemento. Ahí estaba por fin el lago, quieto y oscuro en su cerco de montañas. De los tantos recuerdos que le trajo a Agata, el primero fue cierta noche de tormenta, cuando su padre estuvo a punto de morir ahogado al empecinarse en cruzar en un bote porque había perdido el último transbordador. Ahora los transbordadores ya no atracaban en el embarcadero viejo, que estaba en desuso y había perdido parte del muelle, sino un poco más lejos, detrás de una construcción cuadrada y moderna. En cambio, el puerto con forma de herradura, donde amarraban las lanchas y los botes de los pescadores, seguía igual. En la entrada estaba el faro, con su escalerita de hierro subiendo en caracol por el lado exterior. Arriba ondeaba una bandera. Había gaviotas en el aire y detenidas en la punta de los palos pintados a franjas rojas y blancas que sobresalían del agua. En el centro se deslizaba un pato y dejaba una estela en la superficie calma. Cerca de Agata y Silvana un hombre pescaba con tres cañas. Se movía con lentitud entre una y otra, recogía las líneas que tenían varios anzuelos, desenganchaba peces chicos y los arrojaba en un balde, acomodaba las carnadas, volvía a lanzar y seguía su ronda.

Durante un rato miraron todo aquello sin hablar. Después Silvana propuso que fueran al bar del embarcadero viejo.

—Es lindo sentarse ahí, hay buena vista, los ventanales están sobre el agua, los días de tormenta las olas salpican los vidrios.

Pero Agata le pidió que caminaran hacia el puente del San Giorgio. Quería ver si todavía estaba cierta hostería. Anduvieron en esa dirección y creyó recordar que los canteros a lo largo de la explanada tenían otro formato y dimensión. En los bancos se abrazaban algunas parejas de adolescentes. Reconoció, del otro lado de la avenida, el monumento a los caídos en la Primera Guerra Mundial. Bajo las arcadas que rodeaban la plazoleta se veían los letreros de dos hoteles, negocios de ropas, una florería, una librería, una panadería. Agata se detuvo:

—Allá, mientras compraba pan, me robaron la bicicleta. Casi nueva, una Legnano. Ahora, para ustedes, una bicicleta no debe significar gran cosa. Me acuerdo que no podía dormir. Caminaba por la calle y me parecía verla por todas partes.

La hostería estaba, pero con otro nombre. Ya no tenía la glorieta del frente. La reemplazaba un toldo de colores vivos.

—Tomemos un café ahí —dijo Agata.

—¿Por qué en ese lugar?

—Acá venía mi marido con los amigos los días de fiesta. Había mesas bajo el toldo.

—Sentémonos afuera —dijo Agata.

—Está refrescando.

—No importa.

Silvana pidió un café para Agata y un aperitivo para ella.

—¿Usted también venía? —preguntó.

—Algunas veces, pero eran más bien reuniones de hombres. Jugaban a las cartas, tomaban vino y después cantaban.

—¿Qué cantaban?

—Canciones nuestras, de las montañas.

—¿Las recuerda?

—Claro.

—¿Se anima a cantar una?

Agata sacudió la cabeza, dudando.

—Un pedacito —insistió Silvana.

—Bueno, un pedacito.

Cantó a media voz algunas estrofas, mirando la superficie de la mesa. A medida que avanzaba se fue animando y llegó al final.

—Ya está —dijo.

Silvana aplaudió:

—No la conocía, después quiero anotar la letra.

—También cantaban ciertas canciones pícaras, bastante subidas de tono. Ésas venían al final, cuando ya estaban bien entonados con el vino.

—¿Qué decían esas canciones subidas de tono?

—¿Qué iban a decir? Hablaban de nosotras, las mujeres.

—Ahora la gente ya no se reúne para cantar.

—¿Nunca?

—No tienen tiempo. Ya vio cómo anda todo el mundo corriendo.

—Para cantar siempre hay tiempo.

—Les debe sonar un poco ingenuo. ¿Eran más ingenuos antes?

—No sé. No me parece. Trabajaban duro y cantaban los días de fiesta. Ésos fueron los hombres que tomaron un fusil y se escaparon a las montañas para pelear contra los fascistas y los alemanes.

—¿También allá arriba cantaban?

—Canciones de guerra. Siempre había alguien que nos traía las letras nuevas. Las aprendíamos y nos las pasábamos en la fábrica, a escondidas.

—Tiene que contarme de esa época.

—¿No te contó tu abuela?

—Algunas cosas, pero me gustaría saber más.

Agata señaló una columna de alumbrado:

—Ahí vi fusilar a un hombre. Pidió un cigarrillo antes de que le dispararan. Los que mirábamos pensamos que lo hacía para vivir unos minutos más. Pero fumó la mitad y lo tiró.

El sol había desaparecido detrás del Monte Rosso. Todavía iluminaba las laderas hacia el norte, los pueblitos y las casas dispersas. En cambio, las montañas de la otra orilla del lago ya se habían puesto negras. El día se estaba yendo pero todavía no acababa de irse. Ahora había una gran calma entre el cielo y el lago. Aquel silencio eclipsaba hasta los motores. Se percibía la cercanía de la sombra y el frío. Silvana se ajustó el abrigo contra el cuerpo.

—¿Se acordaba de los anocheceres entre las montañas? —preguntó—. A mí esta hora me perturba.

—Para nosotros, durante la guerra, ésta era la hora del toque de queda. Cerrábamos puertas y ventanas, y nos quedábamos adentro, esperando. A veces no pasaba nada, otras veces empezaban los tiroteos. Lo peor era cuando oíamos los aviones.

—Ahora no hay guerra, pero yo siempre estoy esperando que pase algo.

—¿Qué podría pasar?

—Son fantasías mías.

Silvana levantó la mano y la movió en abanico, señalando hacia el lago y las montañas:

—Es como si algo estuviera a punto de hablar. Está ahí, se lo siente, pero nunca habla.

También Agata miró el lago.

—De chica vivía pendiente de eso —siguió Silvana—. Era como un juego. Un minuto antes era de día y al minuto siguiente ya era de noche. Entonces todo volvía a ser más o menos lo mismo, primero con luz, después sin luz. Pero a mí me intrigaba el momento de la transformación, que no era una cosa ni la otra. Prestaba atención, quería descubrir la mano que cambiaba el escenario.

Habían charlado poco durante el día. Silvana había resultado ser una muchacha amable y taciturna. Por lo menos así se había mostrado en ese primer encuentro. A Agata la sorprendió esta repentina locuacidad.

—Todavía sigo con el mismo juego —dijo Silvana—. Todavía trato de descubrir el mecanismo y escuchar la voz.

Agata la veía de perfil: tenía la nariz recta y la frente muy amplia, siempre como bañada de luz. Miraba el lago con la actitud de alguien que está al acecho. Cuando había ido a buscarla esa mañana, Silvana le había transmitido a Agata una sensación de fragilidad. Ahora, ese perfil atento y severo, fijo en la claridad que menguaba, tenía algo de pájaro y negaba aquella impresión primera. Agata sentía que la cara de Silvana se correspondía con el paisaje de esa hora, tenía una fuerza y una tensión similares.

—Pero la voz nunca viene —dijo Silvana.

Todo el tiempo había hablado sin énfasis, intercalando silencios entre las palabras. Las palabras resonaban graves y Agata sentía que, más allá de su significado, le aportaban sosiego. No hubiese podido explicar cómo ni por qué, pero la ayudaban a ubicarse, tendían a establecer un orden, arrancaban las cosas de su solidez distante y se las acercaban. Le hacían saber que también en este presente, con sus desconciertos, había un mundo que debía ser visto y vivido, y complementaba lo otro, lo que ella esperaba encontrar. Le pareció que bastaba quedarse ahí, con Silvana, y algo nacería. Y que así, esperando, comenzaba a conocer y a comunicarse con la mujer joven que tenía al lado. Sentía que aquello era igual que tocarse.

En el aire quieto sonó nítida una campana.

—Éste es el momento. Está pasando ahora —dijo Silvana.

Un transbordador llegaba y otro se alejaba. Estaban iluminados y parecían árboles de Navidad deslizándose sobre el agua. Ya era de noche.

—Se me escapó otra vez —dijo Silvana.

Algo se desnudó en su cara y sus labios se movieron en un gesto que no alcanzó a ser una sonrisa.

En la otra orilla, se había encendido una línea de luces que subía hasta la punta de un cerro en un trayecto casi vertical. Agata preguntó qué era. Silvana le explicó que un teleférico: en esa época del año funcionaba sólo los sábados y domingos. Podrían ir. Desde allá arriba se veía todo el lago.

Llamó al mozo para pagar y Agata protestó:

—Ya pagaste antes.

Abrió su cartera. Silvana estiró el brazo, le sujetó la mano y le impidió sacar el dinero:

—Déjeme invitarla.

Volvieron al coche y fueron hasta la casa de Elvira.

—¿Mañana qué hace? —preguntó Silvana.

— Quiero visitar algunos lugares.

—Paso a buscarla a la misma hora.

Agata dijo que no debía tomarse tantas molestias, que podía arreglarse sola.

—Lo hago con gusto —dijo Silvana.

Agata miró el coche alejarse y se quedó en la puerta. La plaza del mercado estaba vacía. Había dos cabinas telefónicas, ambas ocupadas. No se notaban otras señales de vida alrededor. Subió las escaleras despacio y cuando llegó arriba no usó la llave, golpeó. Le abrió Elvira.

—Me estaba preguntando por dónde andaría —dijo—. Parece que aprovechó bien el día. ¿Cómo le fue?

Agata le contó lo que había hecho, lo que había visto. En cuanto a lo otro, el reencuentro con la casa, lo que había sentido, eran cosas suyas y no deseaba compartirlas.

Los hijos de Elvira seguían tan esquivos como el día anterior y entre Agata y ellos no hubo más que el saludo. Cuando llegó Ercole se sentaron a cenar. Había una radio encendida. Seguramente era una estación local, porque estaban pasando informaciones sobre la zona. Ercole les ordenó a los chicos que callaran. Después se dirigió a Agata y le dijo:

—¿Escuchó, señora?

Tomada de sorpresa, Agata se quedó mirándolo:

—No presté atención.

—Las tarifas de los hoteles.

—¿Qué? —dijo Agata.

—Son bastante más altas de lo que le cobraban las monjas en Roma.

Faltó que agregara: "Usted acá no está pagando lo que corresponde". Agata no supo qué contestar y se le atragantó la comida. No bien pudo dejó la mesa y se fue a la habitación. Se acostó y decidió que sería la última noche que dormía en esa casa.

16

A la mañana siguiente, cuando Agata salió del dormitorio no encontró a nadie, ya se habían ido todos. Abrió la ventana para ver cómo estaba el día, fue a la cocina, llenó un vaso con agua y tomó los remedios. Después guardó todas sus cosas en la valija, la cerró y la dejó en el suelo, junto a la puerta del dormitorio. Hizo la cama. Recorrió ese departamento que casi no conocía, miró los muebles, los cuadros, y se sintió rara al pensar que se estaba despidiendo de un lugar más.

Silvana llegó puntual. La besó, le preguntó si había descansado bien y la tomó del brazo para bajar la escalera.

—A sus órdenes —dijo cuando estuvieron sentadas en el coche—. ¿Para dónde vamos?

Agata le explicó que primero quería buscar un lugar donde mudarse, le preguntó si conocía un hotel que no fuese demasiado caro.

—¿Qué pasó? —preguntó Silvana.

Agata hubiese preferido no hablar demasiado del tema, pero ante la insistencia de Silvana contó algunos detalles de su breve estadía en el departamento de Elvira.

—A lo mejor estoy exagerando —dijo—, pero no quiero seguir ahí.

—¿Aceptaron que les pagara? —dijo Silvana incrédula.

—Yo quiero pagar. Es lo que corresponde. Pero creo que les pareció poco.

—¿Les pareció poco?

—Además el departamento es chico, soy una incomodidad. Debí buscarme un hotel de entrada.

—¿Elvira es su única pariente?

—La única directa. Hay otros, pero son de la familia de mi marido. Todavía no averigüé dónde viven.

—Ya mismo cargamos sus cosas y vamos a la casa de Carla.

—¿Para qué?

—Ponemos una cama y se queda con nosotras.

Agata no quería parecer descortés y tardó en contestar.

—Me gustaría estar sola.

—¿Está segura?

—Sí, estoy segura.

Silvana dudó. Después dijo:

—Conozco un albergue. La llevo a verlo. Creo que ahí se va a sentir bien.

El albergue estaba ubicado detrás del colegio de monjas donde Agata había mandado a sus hijos. Alojaba a estudiantes, pero también paraban turistas, sobre todo durante la temporada de verano. Mientras esperaban en la receptoría, Agata miró las fotos enmarcadas, colgadas de las paredes, que mostraban el edificio antes de las refacciones. Había sido un monasterio, construido en el siglo XVII. No había habitaciones disponibles en planta baja, pero sí una en el primer piso. Subieron a verla, guiadas por un muchacho. Era luminosa y a Agata le agradó.

—Ya está —dijo Silvana—. ¿Vamos a buscar sus cosas?

—Ahora no hay nadie en el departamento. Tengo que hablar con mi sobrina antes de irme.

—¿A qué hora vuelve ella?

—Después del trabajo.

—Entonces disponemos de todo el día. Dígame adónde quiere ir.

—Me gustaría ver un lugar del río.
—¿Cuál de los dos ríos?
—El San Giorgio.
—¿Más o menos por dónde?
—Cerca del puente de hierro.

Bajaron hasta el lago y siguieron la costa. El cielo estaba despejado y el lago lleno de luz, aunque contra la otra orilla persistía una franja de neblina que separaba las montañas del agua y les confería un aspecto de islas. Llegaron a la desembocadura del San Giorgio, doblaron y subieron bordeando la orilla. Durante un tramo vieron el curso espumoso del río, después comenzaron las casas y se lo taparon.

—Allá está el puente de hierro —dijo Agata.
—Ése ya no se usa. Construyeron otro.
—Pasando el puente está el Pozo. Ahí es donde quiero ir.
—¿Qué es eso?

A Agata le extrañó que no lo supiera.

—¿Nunca lo oíste nombrar?
—No.

Le explicó que era un remanso de agua profunda, donde los chicos se bañaban, al pie de la represa.

—No conozco ninguna represa —dijo Silvana.

Pasaron el puente de hierro y también el nuevo, de cemento, construido a unos metros del otro. Seguían las construcciones, interponiéndose entre ellas y el agua.

—Ya deberíamos estar —dijo Agata—. Antes no había nada acá, sólo la cuesta y el río.

Le pidió a Silvana que parara un momento y bajaron del auto. Caminaron a lo largo de las casas, buscando un acceso, algún sendero para llegar a la orilla, pero solamente se encontraron con entradas particulares y carteles en los portones que decían: *Cuidado con el perro.*

—En la mitad de la cuesta había un manantial que llamábamos la Fontanina. Cuando yo era chica íbamos a lavar la ropa.

Volvieron al coche y retomaron la marcha, despacio.

—Estoy segura de que lo pasamos, es más atrás —dijo Agata.

Llegaron a un espacio abierto, arbolado. Dejaron el asfalto y se desviaron por un camino de tierra. Entre los árboles había una iglesia pequeña, similar a muchas de la zona, gris y rústica, con su campanario puntiagudo.

—La capilla de Renco —dijo Agata.

Estacionaron detrás de la capilla y caminaron en dirección al río. Ahí no había casas, pero las grandes matas de moreras tapaban todo. Desde una pila de basura sobresalía un cartel que decía: *Prohibido arrojar basura.*

Descubrieron un caminito que se perdía hacia abajo. Se notaba que nadie lo usaba porque el pasto crecía alto entre las piedras.

—Vamos por ahí —dijo Agata.

—Es muy empinado.

—No importa.

Silvana se colocó adelante, le tendió los brazos y la fue ayudando. Agata bajaba de costado, fijándose dónde ponía el pie. El descenso fue trabajoso y lento, y Agata comenzó a impacientarse, un poco por la dificultad, pero sobre todo por el deseo de estar abajo de una vez.

—Despacio —decía Silvana—, con cuidado.

—Sí —decía Agata.

El rumor del agua les llegó antes de que pudieran verla. La excitación de Agata creció. En el fondo de la barranca había algunos árboles y, en las ramas, trapos enganchados, la piel de un animal, maderas, raíces traídas por las crecidas. Entre las cosas que el agua había dejado al retirarse, encajada en la horqueta baja de un tronco, había una motoneta.

Ahí nomás, a treinta metros, más allá de una extensión de piedras grandes y claras, distinguieron un tramo de la corriente. Pero no pudieron ver más que eso. Una roca alta y con forma de pirámide se interponía entre ellas y la continuación del río.

—¿Podemos acercamos más? —preguntó Agata.

—No se puede. Hay que ir saltando por las piedras.

Entonces le pidió a Silvana que fuera hasta la roca, tal vez desde ahí se viera el Pozo.

—Espéreme acá —dijo Silvana.

Fue pasando ágil de piedra en piedra, llegó hasta la roca, la rodeó y desapareció.

Agata esperó. La luz le hería los ojos y se colocó una mano a manera de visera. Silvana volvió a aparecer.

—¿Qué se ve? —gritó Agata.

—Nada, el río sigue siempre igual.

—¿No hay una represa?

—No.

—No puede ser. La represa tiene que estar. ¿No hay una caída de agua?

—Veo el río hasta después del puente. No hay ninguna caída.

—Debería haber una represa.

—No hay nada.

—Tiene que estar —dijo Agata.

Y se dio cuenta de que había gritado más de lo necesario y su voz le sonó desesperada.

—Nada —repitió Silvana abriendo los brazos.

—Pero una represa no se saca así nomás —insistió Agata.

Silvana regresó saltando.

—Quiero ir hasta allá —dijo Agata.

—¿Se anima? No va a ser fácil.

—Dame una mano.

Emprendieron la travesía. Silvana, de espaldas al agua, retrocedía, guiándola. Tenía a Agata tomada de una mano y con la otra la sostenía de un codo. Antes de cada paso tanteaba si las piedras estaban firmes. Decía:

—Un pie acá, el otro acá, el otro acá.

Se detuvieron en la mitad del trayecto, para descansar.

—¿Quiere seguir?

—Ya hicimos medio camino, no vamos a volver ahora.

Tardaron bastante, porque Silvana iba buscando los puntos de apoyo más cómodos y por lo tanto no avanzaban en línea recta, sino zigzagueando. Finalmente alcanzaron la roca. Ahora el rumor de la corriente era muy sonoro y cubría las voces. Entonces Agata se asomó y vio el cauce espumoso y parejo que corría hacia la desembocadura. Al fondo estaban los dos puentes, el de hierro y el nuevo. Pasaban coches y camiones en ambos sentidos.

—No entiendo —dijo—, es acá, estoy segura, debería estar.

—Es la primera vez que bajo hasta acá —dijo Silvana—, pero para mí el río siempre fue así.

Agata no se resignaba.

—No puede haber cambiado tanto, la represa era alta y el río se dividía en dos en la parte de arriba. En uno de los paredones del costado había una gran pintura, un dios Neptuno, tenía un tridente en una mano y con la otra señalaba hacia la desembocadura. Se decía que si lo insultabas te convertía en piedra. Cuando éramos chicos nos contaban que todas estas piedras habían sido personas.

—Nunca oí hablar de esa historia —dijo Silvana.

Agata miró hacia el curso superior del río y lo vio igualmente parejo entre la vegetación rojiza: ninguna señal, ningún muro.

El Monte Rosso comenzaba en la otra orilla. Subía abrupto, y aun visto de cerca conservaba su suavidad de cosa espumosa y la delicadeza de los colores del otoño. Había troncos finos, de un blanco muy puro, tal vez abedules, destacándose en medio de aquella espesura.

Agata se sentó sobre una piedra, después estiró una mano, tocó el agua y se mojó los labios y la frente. Sobresaliendo en la corriente, había otra roca de grandes dimensiones, con la parte superior aplanada. Le pareció reconocerla. Desde una plataforma similar se zambullían los chicos. La estudió tratando de recuperar algún detalle que le permitiera afirmar que se trataba de la misma. Era extraño querer identificar una roca después de cuarenta años. Pero eso era lo que estaba haciendo. El agua pasaba y pasaba y poco a poco Agata se abandonó y dejó de pensar.

Después tuvo un recuerdo. En el recuerdo de Agata el mundo era una burbuja llena de sol y de rumor de agua en movimiento, y ella estaba dentro de esa burbuja. Tendría nueve años, tal vez diez. Se encontraba sentada sobre una piedra, en la orilla de ese río. En el agua estaba su hermano. Carlo había avanzado despacio, remontando la corriente, en un largo tramo donde el cauce se ensanchaba y la profundidad era escasa. El agua le llegaba a los muslos. Llevaba un palo en la mano y, atado en la punta, un tenedor. Las puntas del tenedor habían sido abiertas y afiladas con una lima. Agata había mirado a su hermano trabajar en aquel arpón, en la mesa de piedra del patio de la casa. Probablemente hubiese sacado la idea de algún libro o alguna ilustración. Carlo pescaba siempre en los ríos y en el lago. Pescaba con caña, con redes fabricadas por él y también con una maza de herrero. Bastaba con descargar la maza sobre las piedras que afloraban en el agua y entonces los peces que estaban debajo, aturdidos, salían flotando con su vientre blanco hacia arriba y sólo era cuestión de estirar la mano y tomarlos. Había quienes usaban dinamita para aturdir los peces, pero Agata nunca había estado cerca de una pesca con dinamita. Ahora miraba a su hermano avanzar con cuidado y adivinaba, por los movimientos, cuándo avistaba algún pez. Varias veces se había detenido y se había preparado, pero siempre se le escurrían antes de estar a tiro. Después Carlo se fue acercando hacia la piedra donde ella estaba y nuevamente se detuvo. Y entonces Agata también lo vio. En el fondo, quieto, la cabeza contra la corriente, oscuro: un gran pez. El brazo de Carlo estaba levantado, tenso, listo para hundir el arpón. Estaba a punto de arponear ese pez, pero no lo hacía todavía. Agata no lograba ver que lo hiciera. Ése era el punto donde su recuerdo se le negaba. Seguía allá, en aquella orilla, atenta y esperando, y alrededor había cosas que conocía. Un paredón a la derecha y grandes bolsones de alambre grueso llenos de piedras, colocados para contener las crecidas. Más arriba estaba el Pozo. Y después la represa. Y no muy lejos, la curva del río, y al terminar la curva esa cueva donde decían que vivía la víbora con cabeza de gallo que hipnotizaba a las lavanderas. Agata permanecía sobre la roca, esperando, mirando a través del agua el fondo del río. El pez, ahí abajo, era de un tamaño que su hermano no había pescado nunca. Y Carlo seguía con el brazo levantado y tenso y no terminaba de descargar el golpe. Por más que insistiera, por más que se esforzara, el recuerdo se detenía en esa figura inmovilizada, a punto de disparar su arponazo. Todavía le parecía ver la tensión de los músculos y los dedos firmes alrededor del palo. Podía recuperar su propia agitación y una voz en ella que ordenaba: "Ahora, ahora". Y con esa orden silenciosa volvía también la conciencia de que estaban a punto de concretar una hazaña memorable. En aquel día de sus nueve años, en su cabeza, había imágenes que se proyectaban hacia el futuro, hacia los minutos siguientes: dejar aquel río, remontar la cuesta corriendo, emprender el camino de regreso, seguramente cruzarse con alguien y disfrutar con su mirada de admiración al ver el gran pez que sostenían por las agallas. Y después su casa y su madre y su padre y ellos dos con ese trofeo. Pero el recuerdo de Agata no iba más allá, no avanzaba. Se detenía en aquel brazo levantado y en el arpón listo. Y no lograba saber si Carlo lo había arrojado hacía el lomo oscuro del pez. Por más que se esforzaba no lo conseguía, por más que insistiera e insistiera y hurgara en su memoria no podía progresar. Todo quedaba fijado en un gesto a punto de desatarse, una imagen clara, suspendida en el fondo de los años, apresada en una remota burbuja de luz. Una escena inconclusa que se sumaba a este desencuentro de hoy y aumentaba su desazón.

Cuando apartó la mirada de la espuma, Agata vio que Silvana se había alejado unos metros y la estaba observando.

—¿Volvemos? —le dijo.

—Ayudáme a pararme —dijo Agata estirando una mano.

Emprendieron de nuevo la travesía, llegaron al sendero y subieron, Silvana siempre sosteniéndola y pidiéndole que pisara con cuidado. Cuando estuvieron arriba Agata giró la cabeza, pero ya no se veían más que las moreras.

—No entiendo qué pudo haber pasado —dijo todavía.

—Después preguntamos, la gente tiene que saber.

Agata sintió que, igual que el día anterior durante la visita a la casa, Silvana compartía su desilusión. Lo supo por el tono de voz. Hubiese deseado encontrar rápido algo de lo que había venido a buscar, no sólo para sí misma, sino para que lo compartieran. Se sentía en deuda con Silvana y le parecía que hubiese sido una forma de compensarla.

17

Bordearon el muro lateral de la iglesia, cubierto de musgo y plantas colgantes, y llegaron al frente. A través de la puerta semiabierta se veían los bancos y, al fondo, el altar en sombra.

—En mi época estaba siempre cerrada —dijo Agata—. Sólo un par de veces por año venía un cura a celebrar misa.

Pegado en la puerta había un afiche que decía: *"La iglesia necesita de tu ayuda; ayúdala ya con una oferta deducible"*.

—¿Deducible de qué? —preguntó Agata.

—De los impuestos —dijo Silvana.

—¿Entramos a mirar?

—Vaya, yo la espero.

Agata entró, caminó hasta la primera hilera de bancos y se detuvo. No había nadie. Por dentro la iglesia parecía aún más pobre que por fuera. Recibía algo de claridad por unas aberturas altas, con vidrios de colores opacos, casi pegadas al techo. Las paredes estaban desnudas. Había algunas flores blancas en el altar, algunos cirios eléctricos a los pies de un crucifijo de madera. También esto formaba parte de la historia de Agata. Y también acá esperaba que le llegara una señal. Avanzó unos pasos más y volvió a detenerse. Entonces comenzó a sonar un órgano. Sorprendida, Agata buscó el origen de la música. Descubrió, allá adelante, en un costado, la espalda del organista. Era una figura negra, confundida con la sombra, oscilaba de derecha a izquierda y después de izquierda a derecha, en un movimiento siempre igual, como un péndulo invertido. La música era grave, crecía, se adueñaba del lugar y Agata sintió que se apropiaba también de ella. La música, aquella espalda negra y su movimiento monótono, los muros despojados, el crucifijo oscuro, la cargaban de congoja y la paralizaban. No era esto lo que Agata buscaba. Las voces que reconocía como suyas, con las que se identificaba, eran las de un rato antes, sentada sobre una piedra, mirando la corriente. Esas voces estaban hechas de claridad y de fuerza. Allá abajo, frente al río y la montaña, con los recuerdos y las pérdidas, Agata se había sentido sin embargo viva. Esta otra voz, la que resonaba acá adentro, le llegaba como una exigencia de abandono y resignación, tenía un peso de fatalidad. Agata sintió miedo de esa música. Se desprendió del banco donde tenía apoyada la mano, retrocedió unos pasos, dio media vuelta y caminó rápido hacia la puerta como quien huye de un encantamiento. Salió buscando el aire y la luz del sol. Silvana la estaba esperando sentada sobre un pilarcito de piedra.

A un costado de la iglesia nacía una construcción de planta baja y primer piso. Se fueron por ahí y oyeron una voz que les hablaba desde arriba.

—¿Son de acá?

Levantaron la cabeza y vieron a un cura asomado a una de las ventanas altas. Era un hombre de edad, canoso, gordo, sonrosado.

—¿Son de acá? —preguntó por segunda vez.

Parecía tener cierta dificultad en la pronunciación, se le trababan las palabras. En la cara redonda lucía una sonrisa exagerada. Fue Agata la que contestó:

—Ella sí. Yo viví acá hace muchos años.

—¿Ahora dónde vive?

—En la Argentina.

—Tengo parientes allá. ¿Ya estuvo antes o es la primera vez que vuelve?

—La primera.

—¿Cómo encontró esto?

—Está diferente.

—Cambió mucho —dijo el cura con un gesto de resignación y sin perder la sonrisa—. También la gente cambió.

—Todavía no tuve tiempo de ver demasiado, llegué hace dos días.

—Ya se dará cuenta. Estamos mal. La juventud está perdida. Alcohol, droga. Acá hubo demasiado bienestar, vivieron bien muchos años, ahora no saben qué hacer con sus vidas, ahora hay que pagar. Son malos tiempos, muy malos.

—En mi época esta iglesia estaba casi siempre cerrada.

—¿Usted venía?

—Algunas veces, para Navidad, cuando era chica, me traía mi padre. La recordaba más grande.

—No es grande —dijo el cura—, aun así no se llena nunca. Y eso que hay mucha gente alrededor. Ahora estamos rodeados de casas.

—Ya vi —dijo Agata—, casi no reconozco la mía entre tantas construcciones nuevas.

—Construyeron mucho y construyeron mal.

—¿Usted es de acá?

—De Tersaso.

—Entonces conoce la zona. Había una represa en el río. ¿La recuerda?

—Claro que me acuerdo.

—Había un lugar que se llamaba el Pozo, donde la gente se bañaba.

—Exacto. A estos ríos los conozco bien. Iba a pescar cuando era muchacho.

—¿Qué pasó con la represa?

El cura levantó una mano y dijo:

—Esperen un minuto, ya vuelvo.

Desapareció y apareció segundos después, chupándose los labios.

—A la represa la destruyó una crecida. Después dinamitaron lo que había quedado. Total, no servía más para nada. El desvío del río era para una fábrica que ya no funcionaba.

—¿Qué pasó con la fábrica?

—Tuvo que cerrar. Culpa de los sindicatos.

—¿Por qué de los sindicatos?

—Acá hubo demasiado comunismo y socialismo. Ésta es una zona de rojos. Arruinaron todo, hicieron desastres. Ahora están muertos y enterrados, pero siguen haciendo más daño que antes. Los socialistas peor que los comunistas.

Hizo una pausa, dijo:

—Un momento, no se vayan.

Igual que antes, regresó enseguida:

—Los terrenos que rodean la iglesia por suerte todavía no han sido tocados, pertenecen a la comuna. Nosotros estamos haciendo lo posible para preservarlos tal como están, queremos convertir este lugar en un santuario. Pero no me escuchan, no quieren escucharme.

—¿Por qué?

—El intendente es socialista. ¿Entiende lo que le digo?

—Entiendo —dijo Agata.

—¿Y allá en la Argentina, cómo se vive? ¿La Iglesia está fuerte?

Agata no supo qué contestar y dijo que le parecía que sí.

—Leí que hay mucha invasión de sectas asiáticas y africanas.

—Puede ser.

—También leí que realizan sacrificios humanos, sobre todo con chicos.

Ahora Agata no dijo nada. Nuevamente el cura hizo una seña pidiendo que lo disculparan:

—Ya vuelvo.

—¿Qué hace? —preguntó Agata a Silvana.

—No sé —dijo Silvana—. Para mí que tiene una botella ahí atrás.

El cura volvió:

—Acá también tenemos nuestras rarezas. Días atrás vino a verme una señora de Tersaso. La conozco desde hace mucho, yo antes estaba a cargo de esa parroquia. Escuche bien esta historia, para que tenga una idea de lo perdida que anda la gente en estos tiempos. Esta mujer aparece y me dice que dejó de concurrir a aquella iglesia. "¿Por qué?", pregunto. "Porque se corrió la voz de que el cura es homosexual y contrajo el sida", me contesta. "¿De dónde sacaron semejante calumnia?", le pregunto. "Se comenta", dice ella. "Así que usted deja de cumplir con sus obligaciones religiosas por unos comentarios perversos; nos estamos volviendo todos locos". "En realidad no voy por miedo a contagiarme", me confiesa ella. "Pero, señora mía, suponiendo que esos disparates tuvieran algo de cierto, ¿cómo podría contagiarla un sacerdote que está celebrando misa en el altar?" "Por la comunión", dice ella. "¿Qué pasa con la comunión?" "Una piensa que el cura toma la hostia con la mano y la imaginación empieza a volar: una lastimadura, una gota de sangre". "¿Pero de qué me está hablando?", digo yo, "durante la misa la hostia deja de ser lo que era para convertirse en el cuerpo de Nuestro Señor, ¿o nunca oyó hablar del sacramento de la Eucaristía? Lo que usted está insinuando es que Nuestro Señor puede contagiarse y luego transmitir una enfermedad, ¿no se da cuenta de que está blasfemando?".

El cura calló y pareció esperar el efecto que la historia había producido. Mientras la contaba, su cara había mantenido el mismo aspecto risueño del comienzo. Ni Agata ni Silvana hicieron comentarios.

—Esperen un momento —dijo el cura.

Volvió a retirarse de la ventana. Cuando regresó dijo:

—Así que ya ve cómo anda el mundo, señora.

—Ya veo —dijo Agata.

—Le puedo contar tantas historias.

Agata asintió.

—No se sorprenda si se encuentra con cosas raras —dijo el cura.

—Voy a estar preparada.

Silvana la tomó del brazo.

—Nos tenemos que ir —dijo Agata.

—Celebramos misa todas las mañanas. Venga.

Se despidieron.

—Ese cura está muy necesitado de hablar —dijo Silvana cuando se alejaron—. Si nos quedamos, nos da charla todo el día.

Regresaron hacia el centro. Silvana se desvió, cruzaron el río San Giovanni y subieron durante un trecho. Se detuvieron después de una curva. Estaban sobre el pueblo y abajo se veía la extensión de techos rojos que moría en la orilla del lago. Se quedaron sentadas en el coche.

—Mañana y pasado no voy a estar —dijo Silvana—. Por un par de días se va a quedar sin acompañante.

—No hay problema. Ya te dije que no quiero causarte tantas molestias. Además el albergue no está lejos de la casa de Carla.

Silvana señaló un pueblo del otro lado del lago:

—Voy a Coseno. Ahí está mi marido.

—No sabía que estuvieras casada.

—Me casé hace seis años.

—¿Cuánto hace que te separaste?

—No nos separamos.

—Pero no están viviendo juntos.

—Estamos y no estamos.

—Me dio la impresión de que vivías con tu abuela.

—Estoy un poco acá y un poco allá. Voy y vengo.

Silvana dijo que eso facilitaba la relación, la distancia ayudaba a que los enojos se diluyeran más rápido. Agata no dijo nada.

—Nos peleamos mucho —siguió Silvana.

—¿Por qué se pelean tanto?

—Por todo. Cualquier argumento sirve: el trabajo, la política, los hijos.

—¿Tienen hijos?

—No.

Silvana hizo una pausa y agregó:

—No vinieron.

A Agata le resultó curiosa esa respuesta en una mujer joven como Silvana.

—¿No vinieron? —preguntó.

Silvana metió una mano en la guantera y sacó un cigarrillo.

—En realidad no los buscamos. Más bien los evitamos.

Presionó el encendedor del tablero, esperó a que saltara y después encendió el cigarrillo. Dio un par de pitadas y agregó:

—Yo los evité.

Agata percibió la dureza repentina de la voz. Silvana se estiró, apoyó la nuca contra el respaldo y habló manteniendo el cigarrillo entre los labios:

—No quiero tener hijos.

Ahora a Agata le pareció que estaba con una nueva Silvana, diferente de la que la había acompañado a la casa, al río y le había hablado de los anocheceres en el bar de la costa. Hubiese querido verle la cara en ese momento, pero evitó girar la cabeza.

—Aquel cura dice muchas tonterías, pero hay cosas en las que le doy la razón —dijo Silvana.

—¿Cuáles?

—A usted le tocaron tiempos difíciles, pero éstos no son mejores.

Permanecieron en silencio, mirando al frente. El lago todavía brillaba con el último sol.

—¿Es por eso? —preguntó Agata.

—¿Qué cosa?

—Esa idea sobre los hijos.

—También es por eso.

—¿Te da miedo?

—Algo así.

—¿De qué?

—No estoy segura.

Volvieron a callar. En el coche se había instalado un clima de gravedad. Silvana fumaba y Agata miraba los techos y los coches que cruzaban el puente. Sentía que aquellas confesiones no habían sido fáciles ni eran gratuitas. Pensó que tal vez Silvana esperaba que ella opinara.

—A mí me tocaron tiempos muy difíciles —dijo por fin—, pero tuve hijos y los crié y no me arrepentí. Estoy orgullosa de haberlos tenido.

—La veo a mi abuela, la veo a usted, y me parece que eran otra raza de mujeres.

—¿Tu marido piensa igual que vos?

—Vito sí quiere tener hijos. Quiere una gran familia. Ésa es una de las razones por las que vivo un poco acá y otro poco allá. No es la única, pero es una de las razones.

—¿A qué se dedica él?

—Es médico. El más joven de toda esta región. Obtuvo una distinción por eso. Una gran persona, el mejor hombre que conocí.

—¿Te quiere?

—Dice que soy la mejor mujer que conoció.

—¿Entonces por qué no están juntos?

—No es tan fácil. ¿Cómo se hace?

Siguió un silencio largo y después Silvana dijo:

—Soy yo la que falla.

—¿En qué?

—Alguno de estos días voy a tratar de contárselo.

—¿Y él qué dice?

—Me conoce bien. Me conoce mejor que yo. A veces se ríe. Pero también sufre. Dice que juego con él porque sé que es fuerte, que puede aguantar cualquier cosa, que puedo pegarle y nunca se cae.

—¿Es así?

—¿Lo de jugar? A lo mejor sí. No es deliberado. No soy tan cínica. Me gusta apoyarme en él. Es como un árbol. Cruzo el lago y allá está, esperándome.

—Es cómodo.

—Demasiado cómodo. No es justo.

Silvana arrancó el coche y pegó la vuelta.

Estacionó frente al edificio donde vivía Elvira, ayudó a Agata a bajar, miró la hora y dijo:

—Paso a las ocho y la llevo al albergue.

Agata subió, golpeó, no contestó nadie y usó la llave. Aparecieron los dos chicos, anduvieron por la cocina y se fueron de nuevo. Agata quedó sola, se asomó a la ventana y se quedó mirando el movimiento de la calle. Había una casa de antigüedades enfrente, con una armadura en la vidriera. De vez en cuando pasaba un coche. Oscureció. Pensó en Silvana. Aquella charla todavía la turbaba. La reconstruía paso a paso, dominada por una mezcla de irritación y pena, le parecía que hubiese podido decirle muchas cosas y lamentaba haber perdido la oportunidad.

Se abrió la puerta y entró Elvira. Saludó sin acercarse, se quitó el abrigo, lo tiró sobre un sillón y preguntó:

—¿Qué hizo hoy?

—Dimos unas vueltas.

—En este pueblo no hay nada para ver.

—Para mí sí hay mucho para ver.

Elvira se metió en el baño, después fue a su dormitorio y cerró la puerta. Agata se sentó a esperar que saliera. Miró la hora, pensó que Silvana estaría por llegar y fue a golpear.

—¿Sí? —dijo Elvira desde adentro.

—Soy yo.

—¿Necesita algo?

—Quiero hablarte.

Elvira abrió. Se había puesto una bata y se estaba pasando un peine por el pelo.

—Decidí mudarme a un hotel —dijo Agata.

—¿Por qué a un hotel?

—Es mejor. Acá hay poco lugar y soy una incomodidad para todos.

—Yo le ofrecí lo que tengo, más no puedo hacer.

—Lo sé.

—¿Cuándo quiere mudarse?

—Ya tomé una habitación.

Elvira se quedó pensando. Sacó algunos pelos del peine.

—Como le parezca —dijo—. Le avisé que la casa era chica. ¿Dónde va a estar?

—En el albergue Monasterio.

Agata fue a la habitación y trajo su cartera.

—Te pago los dos días.

Había preparado el importe. No le dio los billetes en la mano, los puso sobre la mesa, colocó la llave encima. Elvira no los tomó, pero tampoco los rechazó.

—Tengo que bajar —dijo Agata.

—¿Tanto apuro tiene?

—Viene Silvana a buscarme.

Elvira la ayudó con la valija y se quedaron en la puerta de calle, sin nada que decirse. Silvana llegó unos minutos después.

—Venga el domingo a comer con nosotros —dijo Elvira al despedirse.

Mientras se alejaban, a Agata le pareció que acababa de dejar un lugar de reclusión. Pensó en aquel cuarto luminoso del hotel y sintió alivio.

18

Fue agradable despertar en aquella habitación nueva. Las paredes eran blancas, los muebles blancos, la cortina blanca. Había un solo cuadro con dos estilizadas figuras humanas abrazándose. Desde la cama Agata veía, en la cortina transparente, los juegos de luces y sombras proyectados por las ramas de un árbol a las que movía el viento. Se levantó y abrió la puerta que daba a un balcón minúsculo, con barrotes de hierro y una maceta con geranios colgada de la baranda. Abajo había un jardín con pasto muy verde y tres álamos en el centro. Al fondo, un aljibe, con cuatro pilares sosteniendo un techo de pizarra. Detrás, un muro cubierto por enredaderas, una galería, columnas, arcos. Un gato negro con la cara blanca se detuvo junto al aljibe, trepó, miró adentro, saltó hacia la galería y desapareció. El viento arremolinaba las hojas amarillas del suelo y arrancaba otras de las ramas. Todo el aire estaba agitado por ese continuo desplazamiento. Algunas hojas llegaban hasta el balcón. Grandes nubes oscuras venían desde el lago y Agata pensó que llovería. No le desagradó esa posibilidad. Le pareció que estaba sola por primera vez desde que había subido al avión y se sintió en paz.

Tomó sus remedios, acomodó la ropa, colgó el camisón en el placard y después hizo la cama. El comedor era un salón amplio y había unos treinta muchachos ocupando dos mesas largas. Desayunó y salió a la calle. Pasó por el colegio de monjas donde habían ido sus hijos, bordeó la iglesia, se detuvo en las vidrieras, leyó todos los carteles con los que se cruzó. Volvió a comprobar que la parte vieja del pueblo no había cambiado de aspecto: calles empedradas y estrechas que dejaban ver arriba una franja de cielo, balcones con macetas, escaleras, rejas en las ventanas, techos de tejas, chimeneas. Y siempre, al avanzar en cualquier dirección por esos corredores en sombra, había un momento en que al fondo se producía un estallido de luz y la calle se abría al lago o a las montañas.

Agata entró en una librería y compró dos postales de Tarni. Desembocó en una plazoleta y se sobresaltó al descubrir que todavía existía la confitería Tre Corti. Miró para adentro a través de la vidriera. No se veía a nadie. Empujó la puerta y sonó una campanilla. Entró, la puerta se cerró a sus espaldas y durante un par de minutos Agata estuvo sola. Ahí era donde compraban masas para los acontecimientos importantes: bautismos, compromisos, cumpleaños, navidades. Las estanterías, las vitrinas, parecían ser las mismas. Apareció una mujer joven, le sonrió, le preguntó qué deseaba. Agata señaló la vitrina de las masas.

—¿Una docena? —preguntó la vendedora.

Agata asintió.

—¿Quiere elegir?

—Surtidas.

La mujer fue colocando las masas en una bandeja de cartón:

—Ya está.

—Ponga catorce —dijo Agata.

Miró cómo la mujer ataba el paquete con dedos hábiles y sintió deseos de contarle.

Después bajó hasta la orilla. Se sentó en un banco, frente al puerto donde estaban los botes. Desató el paquete, eligió dos masas y lo volvió a atar. Mordió la primera, entrecerró los ojos y buscó el sabor de otros años. También eso formaba parte de la ceremonia del reencuentro. Se imaginó con sus cuatro nietos, diciéndoles que en esa misma confitería habían comprado masas cuando bautizaron a Guido y a Elsa. Eran muchas las cosas que ahora les hubiese querido contar: lo que recordaba, lo que sentía, lo que veía. Estaba la costa borrosa, estaban los faroles y los árboles, estaba ella sentada en un banco de madera, y el viento y ese cielo bajo. Comió la segunda masa. Abrió la cartera y guardó la servilleta de papel que decía Tre Corti con letras doradas. El cielo se había oscurecido aún más. El lago estaba cubierto de bruma y el agua y el aire eran una sola cosa. Desde aquella masa uniforme surgió un pájaro negro y voló hacia las montañas. Agata fue girando la cabeza y lo siguió mientras pudo; se dijo que cuando Silvana volviera le pediría que la llevara a recorrer esos pueblos que se veían arriba.

Se levantó y caminó a lo largo de la orilla. Cruzó el puente sobre el San Giorgio y recordó un día de su infancia, cuando escapó del colegio donde había sido internada después de la muerte de su madre y fue interceptada por un policía justo en la mitad de ese puente. Más allá nacía un espigón que penetraba en el lago. Agata lo alcanzó y fue hasta la punta. Permaneció ahí, expuesta al viento, con las olas que embestían las rocas bajo sus pies. Vio, sobre la costa, las mansiones y los palacios que seguramente seguían perteneciendo a dueños misteriosos, gente que vivía en muchas partes, que tenía casas acá y allá, en las ciudades, en el mar, en otros países, que se movía por el mundo a su antojo, que no disponía en el curso de sus vidas de un solo regreso, de una sola posibilidad de regreso como le había tocado a ella.

Las primeras gotas comenzaron a caer cuando Agata llegó a la casa de Carla. Había una mujer haciéndole compañía a su amiga, se llamaba Tina. Era gruesa y enérgica. Ayudó a Agata a quitarse el tapado y le trajo una silla. Dijo que prepararía el almuerzo y fue a la cocina.

—Silvana me contó que te mudaste a un hotel, ¿cómo estás ahí? —dijo Carla.

—Muy cómoda.

—Qué vergüenza. Tu sobrina te hizo pagar. Si viniera un familiar a mi casa, ¿cómo podría cobrarle?

Desde donde estaba, Agata veía a Tina trabajando. Le llegó el olor a aceite frito. Tina se dio vuelta y le gritó:

—Todo tiene su aplicación en esta vida, hasta las uñas: para pelar ajo.

Agata sonrió y asintió con un movimiento de cabeza. Carla preguntó si además de su sobrina había visto a alguien más.

—Todavía no.

Y agregó que había pensado ubicar a Rineta, la única hermana de Mario que aún vivía, aunque no estaba segura de si debía ir a visitarla o no. Hacía muchísimos años que no se comunicaban, desde que Rineta se peleó con los hermanos que estaban en la Argentina por el problema de una hipoteca sobre la casa de los padres.

—Andá —dijo Carla—, está sola, se le murió la hija, igual que a mí. Hay que olvidar, hay que perdonar.

Carla no recordaba exactamente dónde quedaba la casa de Rineta, sabía que era en Tersaso.

—Podemos fijarnos si figura en la guía de teléfonos —dijo.

Buscaron y no la encontraron. El que sí figuraba era Pizzoli, el marido de Virginia, la otra hermana de Mario. Agata anotó la dirección.

—A la mesa —dijo Tina.

Cuando llegó la fuente de fideos y Agata los probó, comentó que estaban muy buenos.

—¿Cómo los prepara? —le preguntó a Tina.

—Es sencillo —dijo la mujer.

Y le dio una explicación muy detallada, pero al mismo tiempo tan confusa que en definitiva Agata no entendió nada.

—Es inútil preguntarle —dijo Carla cuando Tina volvió a la cocina—. A mí me hace lo mismo. Lo único que te va a contestar es que el secreto consiste en ponerle el queso a los fideos antes que la salsa.

Mientras tomaban café, hablaron de cosas del pasado. En algún momento Agata temió que, como el día de su primer encuentro, las ideas de Carla comenzaran a confundirse, pero no ocurrió nada de eso y fueron saltando de un tema a otro mientras corría la tarde. A Agata le gustó revivir y comparar sus recuerdos con los de Carla, recuperar hechos que había olvidado y comprobar que evocaba otros de manera diferente. Detrás de los vidrios había comenzado a llover con fuerza.

—Todavía no pasé por la fábrica —dijo Agata.

—Cerró hace mucho. Está abandonada. Da pena verla.

Carla le pidió que buscara un sobre, en un cajón. Sacó unas fotos y se las fue pasando. En una estaban juntas y atrás se veían cosas que ya no existían. Había fotos del marido de Carla:

—Cuando ya estábamos más o menos bien, cuando podíamos empezar a disfrutar de la vida, enfermó.

Hablaron de Silvana y Agata se enteró de que su profesión era decoradora.

—Hizo trabajos importantes —dijo Carla—. En Tarni, en otras localidades de la zona y también en Milán.

Tocaron timbre y apareció un tal Toni, un hombre de unos sesenta años, de estómago abultado y ojos maliciosos, que tenía cierto parentesco con Carla. Cuando supo quién era Agata, la felicitó calurosamente e improvisó un breve discurso que tenía algo de patriótico. Después siguió con las alabanzas y Agata no entendió a qué venía tanto entusiasmo. Toni traía un canasto, lo abrió, sacó dos hongos de gran tamaño y los mostró con orgullo.

—¿Qué le parecen?

—Hermosos —dijo Agata.

—Los junté esta mañana. Son los más grandes que encontré este año. Y seguro que también los más grandes que encontró nadie en mucho tiempo.

—Ya empezamos con las exageraciones —dijo Carla con un gesto de fastidio.

—¿Viste algunos mejores? —dijo Toni.

—Estoy acá adentro, sin moverme, ¿qué puedo ver?

Del canasto, Toni sacó también una botella.

—Este vino lo hago yo —dijo—. Tiene que probarlo.

—El mejor vino de la zona —dijo Carla.

Toni ignoró la ironía y le explicó a Agata que vivía arriba, en la montaña, pasando Mergozzo. Si un día Silvana la llevaba le gustaría mostrarle su huerta y el viñedo. Fue a la cocina y trajo tres vasos, sirvió y dijo:

—Por el regreso.

Brindaron y Agata abrió el paquete de masas.

Toni resultó ser un hombre simpático y socarrón. Estaba informado de todo, pasaba sin pausas de un tema a otro: política, corrupción, religión, ecología, educación, autoridades municipales. Tenía una infinidad de anécdotas y en definitiva nunca se sabía si estaba hablando en serio o en broma. Remataba cada una de sus historias con las mismas frases: "Eso dicen. Yo no lo vi." Hablaba gesticulando y en voz muy alta, como si estuviese ante una multitud.

—Estamos viejas pero no somos sordas —le dijo Carla.

—Viejo es el que muere —dijo Tina que pasaba en ese momento.

A Agata la entretenía escuchar a Toni, la hacía pensar en otros tiempos, en las tardes de los días de fiesta bajo las glorietas de las hosterías, mientras alguien tocaba el acordeón y la gente discutía a los gritos sobre cualquier tema y parecía que fueran a degollarse.

—¿Se enteró de que vamos a separarnos del Sur? —dijo Toni.

—Algo escuché —dijo Agata—, pero no entiendo cómo podría ocurrir, norte o sur son todos italianos.

—¿No vio los carteles que dicen República del Norte?

—No me di cuenta.

—Preste atención. Están en los cruces de las rutas, en las entradas de los pueblos. Tarni, República del Norte.

—¿La gente qué piensa? —preguntó Agata.

—Me parece que en general está de acuerdo. Pregunte y verá qué le contestan.

—¿Y cuál es la razón? —preguntó Agata.

—Los del norte dicen que están cansados de trabajar y producir y tener que compartir todo con los del sur, que no trabajan y no producen.

—¿Y usted qué piensa?

Toni meditó:

—Yo digo que hay que empezar a pensar en grande.

Siguió hablando del tema, aportando datos, pero de manera indirecta, sin comprometerse.

—También se va a encontrar con gente que está en desacuerdo. Y muchos que dicen una cosa pero piensan lo contrario —concluyó.

—¿Pero su opinión cuál es? —insistió Agata.

—Que llegó la hora de empezar a pensar en grande.

—¿Cómo sería empezar a pensar en grande, Toni? —intervino Carla, y había impaciencia en su voz.

Toni meditó de nuevo, levantó su vaso, tomó un trago, se encogió de hombros y abrió los brazos:

—Si empezamos a explicarlo ya no estaríamos pensando en grande.

Después abordó el tema de los extranjeros que estaban invadiendo el país. Agata recordó la nota en el diario sobre aquel barco sin puerto, las calles de Roma y la estación Termini.

—Dicen que la gente empieza a tener miedo con tantos extranjeros —dijo Toni.

—¿Miedo de qué?

—A lo mejor de que le quiten lo que tiene.

—¿Cómo podrían quitárselo?

—Acá la población se mantiene estable. Tantos nacen, tantos mueren. Esa gente que viene de afuera en cambio tiene muchos hijos. Dicen que con el tiempo pueden llegar a ser mayoría.

Agata sonrió y esbozó un gesto de incredulidad.

—Dicen que los otros días mataron a un negro —siguió Toni.

—¿Dónde?

—Acá nomás, cerca de Milán.

—¿Quién fue?

—Dicen que un grupo de muchachos.

—¿Cómo lo mataron?

—Lo sorprendieron dormido, en la calle, le echaron nafta y le prendieron fuego. Eso dicen. Habría que ver si es cierto.

—¿Cómo habría que ver? —intervino Carla—. Lo quemaron vivo.

—Dicen que sí. Yo no lo vi.

—¿Qué importa si vos no lo viste? La televisión habló una semana entera de eso —dijo Carla irritada.

—Sólo creo en lo que veo.

—¿Sólo en lo que ves?

—Nada más.

—Eso es tonto.

—Será tonto, pero sólo creo en lo que veo —repitió Toni con cierta solemnidad.

Y se sirvió otro vaso de vino.

Se produjo un silencio y Agata esperó atenta para ver cómo concluía. Tenía la impresión de que ese tipo de discusiones entre Carla y Toni no eran cosa nueva, seguramente se trataba de una costumbre y una vieja rivalidad.

—La música te gusta, ¿verdad? —preguntó Carla después de pensar un poco.

—Algunas músicas me gustan —contestó Toni.

—¿Por ejemplo?

—La ópera.

—Te gusta escucharla.

—Sí, me gusta escucharla.

—Te sentás en tu casa y disfrutás.

—Me siento en mi casa y disfruto.

—Entonces la música existe.

—Claro que existe, ¿cuál es la novedad?

—Muy bien, voy a decirte algo: la música no se ve.

Se notó que Toni había quedado desorientado. Movió las manos, trató de hablar, pero no encontró las palabras y en su cara hubo un gesto de desagrado como si acabaran de hacerle trampa. Guardó los hongos en el canasto, dijo que debía irse porque se le había hecho tarde y se despidió.

—Este Toni me pone nerviosa —dijo Carla cuando quedaron solas.

—Ese argumento de la música lo desarmó. Yo también quedé sorprendida. Nunca había pensado en eso.

—Los hongos los trajo de regalo. Pero se molestó y se los llevó de vuelta. ¿A vos te parece? Ni que fuera un chico.

Estaba anocheciendo. Ya no llovía.

—Yo también me pongo en camino —dijo Agata.

Durante el trayecto al hotel, aquella charla con Toni sobre el Norte y el Sur siguió dándole vueltas en la cabeza. Subió a la habitación, escribió las dos postales que había comprado y a la hora de la cena bajó al comedor. Ya estaban los estudiantes en las mesas largas. Había también una familia con chicos, alguna pareja, turistas o gente del lugar. Cerca, un grupo de cinco hombres, discutían y por momentos levantaban bastante la voz, aunque nadie en el salón parecía preocuparse por ellos. La mujer que atendía las mesas era bajita y gruesa, roja de cara, amable, de buen humor. Carecía de cuello, parecía un barril. Cuando giraba lo hacía con todo el cuerpo, como si no tuviese articulaciones. Se desplazaba rígida y rápida entre las mesas y daba la impresión de que tuviera rueditas bajo los pies. Agata supo que su nombre era Rosina porque los muchachos la llamaban a cada rato. Cuando se acercó, Agata pidió un plato de sopa.

—¿Y después?

—Nada más.

—¿Sólo sopa? —dijo la mujer, con una mueca de desilusión en la cara y los cortos brazos abiertos en un gesto teatral.

—Sólo sopa —dijo Agata divertida.

—No puede ser, ¿ésa es toda su cena? ¿De dónde viene?

—De la Argentina.

—¿Eso es lo que comen allá? ¿Qué pasa en la Argentina, se les terminaron las vacas? Si se queda unos días con nosotros, le enseñaremos a alimentarse como corresponde.

Agata rió:

—Casi nunca ceno.

Tomó su sopa, dejó el comedor, cruzó el hall de entrada, bajó tres escalones y fue a sentarse en el bar. Era una sala con pocas mesas, algunos sillones y un televisor encendido. No había nadie, sólo la muchacha que atendía. Agata pidió un té de manzanilla. Mientras esperaba, vio a los estudiantes que habían terminado de cenar salir en tropel del comedor y perderse por la escalera que llevaba a la planta alta. Cuando le trajo el té, la muchacha se quedó junto a la mesa y le dio charla. Era menuda, bonita y de rasgos fuertes. Tendría dieciocho años, tal vez menos. Se llamaba Nadia. Seguramente se aburría en el bar y necesitaba hablar. Le contó que vivía en Cambiasca, pasando Tersaso, que su padre venía a buscarla cuando terminaba de trabajar, a medianoche. Agata le preguntó si había nacido ahí.

—Nací acá, mi padre también. Mi madre en cambio es de Bari.

Entonces Agata se acordó de la separación del Norte y el Sur, habló del tema y volvió a formular la pregunta que le había hecho a Toni horas antes: ¿Qué pensaba ella de eso?

A la muchacha le brillaron los ojos de furia:

—Son racistas. Y no lo digo porque mi madre sea meridional. Racistas y fascistas.

Había apoyado ambas manos sobre la mesa y se había inclinado hacia Agata. Se notaba que tenía intención de seguir hablando. Pero entraron cuatro estudiantes, se acodaron al mostrador y la reclamaron. Nadia fue a atenderlos.

19

Por la mañana, cuando se dirigía a desayunar, Agata se cruzó con una mucama en el pasillo.

—Señora, no tiene que hacer la cama, de eso me encargo yo.

—Es la costumbre —dijo Agata sonriendo, confundida y casi disculpándose.

Después, mientras bajaba la escalera con cuidado, tomándose del pasamanos, pensó que debía ser la primera vez en su vida que no haría su propia cama.

Se puso en camino antes del mediodía. Decidió visitar primero a Pizzoli, ya que quedaba más cerca. Sabía que después de la muerte de Virginia, Pizzoli se había vuelto a casar y que aún vivía con su segunda esposa. Lo recordaba como un hombre alto, muy erguido y arrogante. El que abrió la puerta era una sombra de aquel otro. La miró entrecerrando los ojos e inclinándose hacia adelante. Ella lo saludó y dijo:

—Soy Agata.

Como si no la hubiera escuchado, Pizzoli preguntó:

—¿Quién es usted, señora?

—Agata, la mujer de Mario.

—No la conozco.

—La mujer de Mario, su cuñado, el hermano de Virginia.

—No la conozco, no sé quién es usted.

—¿Cómo que no me conoce? —insistió Agata, y ya no supo qué agregar.

Pizzoli dio media vuelta y desapareció.

Agata permaneció unos minutos delante de la puerta cerrada, sin saber qué hacer, sin saber qué pensar. Se alejó unos pasos, se detuvo y se dijo: "No puede ser". Regresó y golpeó de nuevo. Pero no volvieron a abrir.

Cuando por fin decidió marcharse seguía tan desconcertada que no hubiese podido decir si se sentía mal o si estaba tentada de ponerse a reír.

Hasta Tersaso era una caminata larga. Durante el trayecto no hizo más que pensar en lo absurdo de aquel encuentro. Reconstruía la escena, se repetía las palabras de Pizzoli y no terminaba de creer en lo que acababa de ocurrirle.

No le costó trabajo ubicar la casa de Rineta. Preguntó en un negocio y se la señalaron. Era una construcción alargada y vieja, con un terreno al costado, donde se veían flores y algunas vides. Cuando Rineta se asomó a la puerta, morena, los ojos chicos y desconfiados, Agata recordó la experiencia reciente y titubeó.

—¿A quién busca? —preguntó Rineta.

—Soy Agata.

Rineta la estudió achicando aún más los ojos. No hubo alteración en su cara, nada que expresara sorpresa. Terminó de abrir la puerta e hizo un breve gesto de invitación con la mano:

—Adelante.

Lo dijo con un tono que podría haber usado frente a alguien que veía todos los días. Agata la siguió, cruzaron varias habitaciones y pasaron a una sala con sillones enfundados donde dormían dos gatos. Las paredes estaban cubiertas de fotos. No habían vuelto a hablar después de aquellas palabras en la puerta y Agata buscó decir algo para romper ese silencio incómodo.

—Es una casa grande —comentó.

—Demasiado grande —dijo Rineta—. Vivo sola.

Le señaló un sillón:

—Ponéte cómoda.

Agata se quitó el abrigo y se sentó. Rineta fue a la cocina y puso a calentar agua para el té. Desde allá le preguntó cuándo había llegado y dónde estaba alojada. Regresó con las tazas y se sentó también ella.

—Así que volviste al pueblo —dijo.

—Volví —dijo Agata.

—Está cambiado.

—Bastante.

—Son muchos años.

—Sí, son muchos años.

—Ahora ya no sirve volver, no se puede remediar nada.

—¿Remediar qué?

—Ustedes tomaron el barco y se olvidaron de los que quedaban acá.

Agata, sorprendida por el comentario, no supo qué decir y esperó.

—Es así, la gente parte y si te he visto no me acuerdo —siguió Rineta.

—No entiendo —dijo Agata.

—De ustedes jamás recibí ayuda, las deudas de mi padre y todos los gastos los tuve que enfrentar sola, mis hermanos se fueron a América y nos abandonaron por completo.

Después comenzó a relatar un largo drama. Vencimientos de pagarés, enfermedades, unas pocas personas honestas que la habían aconsejado bien y otras muchas que habían aprovechado para perjudicarla aún más: médicos, prestamistas, acreedores, falsos amigos. Hablaba sin énfasis, pero con una voz seca e imperativa. La historia iba creciendo y ramificándose, el número de los implicados aumentaba, cada uno tenía su parte de culpa y también a cada uno "le habrá tocado y le tocará su castigo a la hora de rendir cuentas en el más allá".

Rineta se levantó, abrió un cajón, sacó un paquete atado con una cinta negra, lo desató y desparramó el contenido sobre la mesa.

—Acá están, documentos, facturas, guardé todo.

Se puso los anteojos y, parada, los fue mostrando uno por uno. Debía conocerlos de memoria porque ni siquiera los miraba; con cada hoja enumeraba una lista de detalles precisos: fechas, firmas, cifras, direcciones. Era como si todo hubiese ocurrido una semana antes. Cuando dejó el último papel se deslizó sobre el sillón. Parecía agotada por el esfuerzo. Agata dijo:

—Mario envió dinero varias veces.

—Limosnas —dijo Rineta.

Y reanudó el largo rosario de lamentaciones.

Agata intentó recordarle que además, durante años, antes de partir, Mario había afrontado las deudas que Guido, su padre, acumulaba sin parar, e incluso había levantado varias hipotecas sobre la casa donde vivían los viejos. Por esa razón todos estuvieron de acuerdo en que se pusiera la propiedad a su nombre. Y después, desde la Argentina, renunció a esa propiedad en favor de las dos hermanas, ella y Virginia, para que se encargaran de saldar las deudas que Guido seguía contrayendo. Agata oía su propia voz tratando de sobreponerse a la de Rineta y se daba cuenta de que era inútil, que se estaba esforzando por aclarar una historia que ya no podría ser aclarada. Hablar o no hablar daba lo mismo. Rineta no la escuchaba, seguía enumerando y acusando.

Después del largo desahogo pareció calmarse y concluyó:

—Ya no vale la pena hablar de esto.

—Sí, no vale la pena —dijo Agata.

—Ya pasó, ustedes estaban allá, no se enteraban de nada, se daban la gran vida.

—No nos dábamos la gran vida.

—La que se quedó acá fui yo, nadie sabe las que pasé.

Ahora Agata sintió pena por esa mujer sola, en esa gran

casa vacía, esperando durante tanto tiempo con aquel manojo de papeles en un cajón la oportunidad de liberar su rencor. Tuvo la impresión de que esa posibilidad de queja era lo único que todavía le quedaba.

—Ya no vale la pena acordarse de estas cosas —repitió Rineta—, los viejos están muertos, ahora las viejas somos nosotras, no hablemos más de cosas tristes.

—Sí —dijo Agata.

Rineta fue a la cocina y, al quedar sola, Agata se dijo que quizá ahora la conversación cambiara de rumbo. Todavía Rineta no le había formulado una sola pregunta sobre su vida, sobre sus hijos, sobre la muerte de sus hermanos. Pero ni bien regresó, Rineta retomó la historia desde el principio y reanudó los reproches y la lista de tribulaciones. Entonces Agata supo que aquella situación no cambiaría. Se mantuvo callada. Miraba alrededor y deseaba irse.

Era temprano todavía, pero afuera el día se había puesto oscuro. Del otro lado de la ventana se agitaban las ramas de un árbol. Rineta se levantó y fue a encender la luz.

—Viene una tormenta —dijo Agata—, mejor me pongo en camino, es un tirón largo hasta el hotel.

Rineta no volvió a sentarse. Esperó a que Agata se colocara el abrigo y la precedió hasta la salida. Juntas miraron el cielo y se despidieron. Agata oyó la puerta cerrarse a sus espaldas y se fue por la calle empedrada donde ya estaban encendidos los faroles y se arremolinaban las hojas secas. Entre Tersaso y Tarni había un tramo del camino que bajaba a través del bosque. Agata avanzaba en el viento, veía los árboles sacudirse, apuraba el paso, se apretaba el abrigo contra el cuerpo y, atemorizada por los truenos y los relámpagos, se decía que nunca hubiese dejado marchar a nadie de su casa con esa amenaza de tormenta.

Llegó al hotel, subió a la habitación, se recostó en la cama, se quedó escuchando el viento y la asaltó el cansancio de esos desencuentros y rechazos que hasta entonces había encontrado en las cosas y en la gente. Sintió que estaba muy lejos de los suyos, se sintió débil, se preguntó qué hacía ahí, entre esas paredes, en esa habitación extraña donde no había una sola imagen en la que pudiera reconocerse.

Después, poco a poco, la desazón se diluyó como se extingue un dolor de cabeza, y Agata se levantó de la cama, se paró, y en su cuerpo y en su voluntad volvió a instalarse la vieja obstinación que la había sostenido toda la vida. Cuando bajó a cenar, al pasar por la receptoría, le entregaron un mensaje. Era de Angela, la hija de Pizzoli. Había un número telefónico y llamó. Del otro lado una voz entusiasta la saludó a los gritos, la reprendió por no haber ido a visitarla todavía, se había enterado de su llegada por casualidad.

—Te espero a almorzar mañana —le dijo—, tengo una hora libre de doce a una, tratá de ser puntual así tenemos tiempo para hablar, estoy desesperada por verte.

Agata rió ante esa exageración.

Después, mientras tomaba su plato de sopa en el comedor, pensó en aquella voz en el teléfono y recordó a la Angela que había conocido, una muchacha alta y bien formada, que al finalizar la guerra había tenido que desaparecer durante un tiempo porque su nombre estaba en la lista de las mujeres acusadas de haber intimado con los alemanes. Los partisanos las rapaban y las obligaban a desfilar por las calles del pueblo.

20

Agata aprovechó la mañana para explorar zonas de los alrededores del pueblo que todavía no había recorrido. De tanto en tanto sonaban las campanas de alguna iglesia. Pensó que en Italia siempre había campanas en el aire. Después fue a ver la fábrica donde había trabajado. Sobre el techo todavía estaba el largo cartel de hierro. Algunas letras se habían caído. Se acercó a la reja que daba al patio y miró hacia adentro. Vio vidrios rotos y caños de desagüe colgando. Le vinieron a la memoria los ruidos de los telares, la sirena que prevenía los bombardeos, los discursos de los delegados y la agitación de las huelgas después de la guerra. Con algunos períodos de interrupción, había estado en esa fábrica desde los trece años de edad hasta su partida a la Argentina. Pensó en lo que había significado ese lugar y ese trabajo para ella. Y ahora no quedaban más que ruinas. Recordó lo que había dicho Carla al mencionar la fábrica. Pero Agata no sentía pena. Sólo una molesta sensación de vacío ante esa cosa muerta. Eso era todo. No le gustó estar ahí. Se fue rápido.

Bajó por la calle desierta, bordeando el largo muro de la fábrica donde crecían los arbustos y desembocó frente al puente sobre el San Giovanni. Faltaba un rato para el mediodía y fue a sentarse en un banco desde donde se dominaba la desembocadura del río. Había un viejo en la otra punta, la pipa apagada colgándole de la boca, los ojos entrecerrados, el sombrero echado hacia adelante, parecía dormir. Abajo, un hombre caminaba por la orilla acompañado por un perro. El hombre arrojaba algo y el perro corría y luego regresaba. El viejo sostuvo la pipa con la mano y habló sin mirar a Agata:

—Uno recorre el mundo y, vaya donde vaya, siempre hay un idiota que arroja un palo y un perro tonto que corre y se lo trae.

Volvió a dejar la pipa colgando y estiró más las piernas. Detrás de ellos hubo una frenada, se oyeron gritos y, cuando Agata giró la cabeza, vio dos coches que se alejaban en la misma dirección, mientras los conductores se insultaban y agitaban un brazo a través de las ventanillas. El viejo no se había dado vuelta, no cambió de posición, sólo levantó la mano para sostener la pipa y murmuró:

—Delincuentes.

En la mañana sin viento, con el cielo despejado, el lago se veía hermoso. Lejos, seguramente pescando, había dos botes detenidos. Una vez más Agata sintió necesidad de contarle a alguien lo que estaba viendo. Miró la hora y se puso en camino hacia la casa de Angela. Al cruzar la plaza frente al embarcadero vio a una mujer y un chico que salían de un negocio de ropa. La mujer estaba fumando y Agata se acordó de la huelga y las largas colas frente a las tabaquerías. La mujer se agachó, se colocó el cigarrillo entre los labios para tener las manos libres, y le subió el cierre de la campera al chico. Entonces apareció un hombre que le arrancó el cigarrillo de la boca, le pegó un par de pitadas rápidas, se lo devolvió, se alejó corriendo y desapareció en la esquina. La mujer, parada, con el cigarrillo entre los dedos, giraba la cabeza hacia un lado y hacia el otro, como si hubiese visto pasar un fantasma.

Agata llegó al departamento de Angela unos minutos después de las doce. Se encontró con una mujerona robusta, teñida de rubio, todavía atractiva. Le asombró la lozanía de aquella cara. Después se dijo que seguramente Angela se habría hecho alguna cirugía hacía poco. De todos modos, sólo dos detalles le permitieron relacionarla con la muchacha apenas salida de la adolescencia que recordaba: la estatura y un brillo extraviado, algo fugitivo y demente, en los ojos claros.

—Qué alegría verte, tía —dijo Angela mientras la abrazaba—. Siempre me acordaba de vos. Una vez se me puso en la cabeza que quería ir a la Argentina. Me preguntaba: ¿la tía me recibirá? Mirá si me aparezco de improviso tocando timbre. ¿Qué hubieses hecho? Adelante, la comida está casi lista, nada especial, preparé un plato rápido. ¿Qué hiciste desde que llegaste?

—No mucho —dijo Agata—, fui a ver mi casa, estuve con tu tía Rineta.

—Seguro que te trató mal.

—No me trató bien.

—Siempre fue una perra.

—Está amargada.

—Está mal de la cabeza. ¿Sabés lo que hacía cuando se quedó viuda? Rellenaba de trapos los pantalones del marido y los ponía junto a ella, en la cama. ¿Te parece normal?

—Es raro.

—¿Viste a mi padre?

—Pasé ayer, pero no me recibió, dijo que no me conocía.

—¿Cómo puede ser?

—Fue así, dijo que no sabía quién era.

—Ése es otro que está cada vez peor. Vive con miedo de que le pidan favores o que le roben, desconfía de todo el mundo. Hasta de mí, que soy la hija.

Angela le mostró el departamento, dijo que no era gran cosa, pero tenía buena vista, las ventanas daban al lago, se disculpó por el desorden, pero trabajaba el día entero y no le quedaba tiempo para nada.

—¿Te gustan los cuadros? Todos firmados.

Por suerte o por desgracia, ¿quién podría decirlo?, no había tenido hijos. Le contó del fracaso de su primer matrimonio, de un segundo que había durado menos que el primero y de un tercer intento que se había prolongado bastante, aunque al final todo se hizo pedazos. Eran historias complejas, de las cuales Agata pudo sacar poco en limpio, salvo la afirmación reiterada de que los hombres, detalle más, detalle menos, eran todos unos cerdos, aunque resultaba imposible vivir sin ellos: una casa sin hombre era una desolación.

—¿Qué te parece mi blusa? Está firmada. A mí me gustan las cosas firmadas.

De vez en cuando se interrumpía para decir:

—Contame de vos, estoy hablando yo sola, soy una charlatana, de eso no me pude curar.

Pero después se embarcaba en otra de las tantas anécdotas de sus aventuras matrimoniales y Agata nunca lograba adivinar cuál de los tres maridos era el protagonista. También le habló de cierto candidato nuevo que desde hacía un tiempo la venía cortejando: un hombre maduro, buena posición, excelente persona, aunque todavía no estaba decidida, tenía que pensarlo.

—Quiero regalarte esto —dijo.

Tomó, de una repisa, una ardilla embalsamada y apolillada y se la dio.

—Mi segundo marido se dedicaba a cazar animales para embalsamarlos.

Agata agradeció el regalo.

Cuando se sentaron a comer, mientras Angela masticaba con vigor, Agata tuvo oportunidad de contarle sobre el viaje, los documentos robados, su vida en la Argentina. Angela demostró interés y la interrumpió varias veces para saber a qué se dedicaban Elsa y Guido, las casas donde vivían, cómo vivían.

—¿Cuántos coches tienen?

Las preguntas parecían calcadas de las que le habían formulado Elvira y Ercole la primera noche. Agata se preguntó si no debería exagerar un poco, porque sentía que Angela esperaba que la deslumbrara con un relato extraordinario.

—¿Tienen perros?

—Mi hija tiene un perrito —dijo Agata sin entender a qué apuntaba la pregunta.

—El tipo del que te hablé tiene tres perros, de raza, campeones europeos. Tendrías que ver las medallas.

Agata asintió, pensó que sus historias y las de los suyos no eran de la clase que pudieran interesar a una mujer como Angela, y ya no se esforzó demasiado por seguir contando.

—¿Cómo está? —preguntó Angela apuntando al plato de Agata con el tenedor.

—Muy rico.

—Mi último marido me dejó porque decía que era mala cocinera. ¿Te parece que cocino mal?

Agata dijo que al contrario, y volvió a elogiar la comida.

—Cuando quería verme llorar esperaba que le sirviera el plato y me criticaba. Era lo peor que podía hacerme. Nunca me humillaron tanto.

Los ojos se le humedecieron, asomaron dos lágrimas y se las secó con la servilleta.

—No sucedía todos los días. Pero cuando venía de mal humor se desquitaba conmigo, decía que en la cocina yo era una inútil, que no servía ni para hacer un huevo frito, y seguía y seguía hasta que me veía desesperada y llorando, porque sabía que ése es mi punto débil.

Agata dijo que, por lo que estaba escuchando, ese hombre era un poco perverso. Angela volvió a secarse los ojos.

—Nunca me pegó, pero a veces me ataba y se iba.

—¿Te ataba?

—Me dejaba atada y se iba al bar con los amigos. Eso no me molestaba tanto como lo de la comida.

—¿Cuánto tiempo viviste con ese tipo?

—Seis años.

—No sé cómo aguantaste.

—Siempre fui un poco loca.

Soltó una carcajada echando la cabeza hacia atrás, contra el respaldo de la silla.

—Tía —dijo—, ¿no tenés unos dólares para darme?

Agata, tomada de sorpresa, la miró y tardó en reaccionar:

—¿Dólares?

—Sí.

—No tengo dólares —dijo riendo.

Angela se levantó, trajo café y encendió un cigarrillo.

—¿Conseguís cigarrillos? —preguntó Agata por decir algo.

—Me regalaron unos atados. Hay que cuidarlos como oro.

Agata contó lo que acababa de ver en la calle. Angela la miró de costado, enarcando las cejas:

—Me estás mintiendo, tía.

—Pasó recién, cuando venía para acá.

—¿Le dio un par de pitadas y se lo devolvió?

—Sí.

—¿Y la mujer qué hizo? Contámelo de nuevo, paso a paso, con detalles.

Agata repitió la historia. Angela la escuchó con la boca abierta. Después se puso a reír. Otra vez se le humedecieron los ojos. Cuando se calmó dijo:

—Vamos, dame algunos dólares, tía.

Esta vez Agata no le contestó y por primera vez se produjo un silencio largo. Sonó el teléfono, Angela fue a atender y cuando regresó dijo que pasaban a buscarla en cinco minutos. Preguntó si quería que la acercara a alguna parte. Agata le contestó que prefería caminar. En la puerta, mientras se despedían y prometían volver a almorzar juntas, Angela insistió una vez más:

—¿Así que no tenés unos dólares para darme?

Agata volvió a reír.

—No tengo dólares.

Se fue con la ardilla embalsamada bajo el brazo. Dio un rodeo para pasar por la plaza donde estaba el cine. La fachada había sido reformada, aunque no notó gran diferencia. Se detuvo y pensó en sus primeras escapadas, las primeras películas, en su adolescencia, cuando era una hazaña lograr que su padre le diera permiso para ir al cine. ¿Cuál había sido la última que había visto ahí, antes de partir? El título que finalmente acudió a su memoria fue *Roma cittá aperta*, aunque no estaba segura. Trató de recordar algunas escenas. La única que recuperó, nítida, tierna, fue la de un nene sentado sobre una escupidera. Mientras subía hacia el hotel y se esforzaba por reconstruir el argumento, se preguntó por qué razón había conservado aquella imagen y había descartado todas las otras, de las que sólo le quedaba una difusa sensación de devastación y de muerte.

21

La cena en el albergue era para Agata un momento amable. Le gustaba sentarse cerca de aquellos muchachos inquietos que conservaban con mucho esfuerzo la compostura. Se les notaba la energía en las miradas, en las voces, en los manotazos. Le habían dicho que en el albergue se hospedaban también turistas. Pero, salvo en el comedor, nunca había visto más que estudiantes. Al principio la había alarmado aquel tumulto permanente. Subía las escaleras, se desplazaba por los pasillos con su paso lento, aparecían algunos muchachos corriendo, estaban a punto de embestirla, la esquivaban a último momento y la dejaban con el corazón alterado y las piernas temblando. Pero ya se había acostumbrado; el ruido y la vitalidad habían terminado por resultarle agradables.

Cuando se acercó Rosina, Agata pidió lo de siempre.

—¿Otra vez solamente sopa? Hay chauchas saltadas con jamón. ¿No quiere probarlas?

—Tráigame tres —dijo Agata para complacerla.

—¿Seguro que tres? Porque cierta vez un señor me pidió lo mismo y yo le serví tres. "¿Qué es esto, Rosina?", me dijo. "Usted me pidió tres, señor".

Riendo con ganas se alejó rumbo a la cocina y trajo una porción abundante:

—Coma tranquila, usted ya no engorda más, quedó así, ése es su peso. Yo engordo cuando soy infeliz.

Y comenzó a servir las dos largas mesas de los estudiantes.

—Para mí nada más que papas —dijo uno.

—¿De dónde sos vos? —dijo Rosina—. Siempre comiendo papas. Parecés alemán. ¿No sabés que las papas ablandan el cerebro?

Pasó junto a Agata y murmuró:

—Juventud, juventud.

En la mesa de al lado los cinco hombres hablaban con vigor y convicción y, lo mismo que las noches anteriores, los temas eran los negocios, los impuestos, las marcas y modelos de coches. Agata escuchaba con atención. Al principio le había parecido que existía mucha pasión en esas conversaciones. Pero después comenzó a sospechar que la pasión sólo estaba en las voces y en los gestos, que no se trataba más que de un poco de ruido para decorar la cena, un simulacro de pasión. Y que, así como se decían las cosas, así se las olvidaba. Uno de los tipos, trajeado, la calva lustrosa, no se mezclaba en las discusiones de los otros cuatro, esperaba su turno y entonces pronunciaba un breve discurso con voz impostada, muy rígido en la silla, solemne, sólo le faltaba el monóculo. Decía:

—Todo el mundo se ha vuelto cínico, especulador y cortés. Cada cual defiende su pequeña bolsa de pepitas de oro. La historia, la gloria, ya no cuentan. Son mármoles para la fotografía, informes, tesis universitarias. Hemos perdido la grandeza, hemos perdido la fiereza. Por lo tanto perdimos todo. Ahora sólo nos espera una agonía lenta. La única realidad es la bolsa con las pepitas de oro.

Rosina se detuvo un segundo junto a Agata y cabeceó señalando la mesa de los cinco hombres:

—¿Qué le parece?

—No sé —dijo Agata.

—Yo tampoco.

Ya desde la primera cena Agata había advertido que los estudiantes se entretenían burlándose de Rosina y haciéndola enojar. Un rubio la llamó, se quejó del servicio y la arrastró a una discusión que no apuntaba a nada concreto y que el muchacho enredaba cada vez más. Era locuaz y ocurrente, y se notaba que gozaba con la situación. También los demás, callados, disfrutaban mirando el plato y conteniendo la risa. Finalmente Rosina le dio la espalda y amagó marcharse, pero después se detuvo, se esforzó por girar la cabeza sin tener que acompañarla con el resto del cuerpo y le habló mostrándole el perfil y manteniendo el mentón levantado:

—A ver, ya que sabés tanto: ¿cuál es la escalera por la que bajando se asciende?

En las mesas de los muchachos se hizo silencio y todos, divertidos, miraron al rubio. Rosina esperó sin cambiar de posición.

—Yo qué sé —dijo el rubio.

—La humildad —dijo Rosina, y se fue.

Hubo un poco de alboroto y alguien dijo: "Bravo, Rosina". Inmediatamente el rubio se convirtió en el destinatario de las burlas y volaron un par de panes.

Agata fue al bar y pidió su té de manzanilla. Todavía no había ningún estudiante. Nadia se sentó frente a ella y comenzó a hablar como si retomara la charla que habían interrumpido la primera vez que se habían visto.

—Estoy de novia con un muchacho del Sur —dijo—. Lo conocí en el verano, cuando fui a visitar a mis abuelos. Es muy celoso. Me prohibía que usara pollera corta. Se negó a que fuéramos al mar porque no quería que otros me vieran en traje de baño. Fue mi primer hombre y yo fui su primera mujer. Ahora hablamos por teléfono. Lo tengo que llamar yo. Me dice que tal vez sería mejor no continuar la relación. "¿Entonces damos todo por terminado?", le pregunto. No me contesta. Es un muchacho muy inseguro. Yo estoy acá en el Norte y él piensa que puedo traicionarlo. Allá son otras costumbres.

Si uno se pone de novio se organiza una fiesta y después hay que casarse. Por eso no me llama a mi casa, porque si atiende mi madre o mi padre ya sería como un compromiso. Y él no quiere comprometerse, tiene miedo. Además está la familia, son nueve hermanos. Le digo que yo no pretendo atraparlo, sólo espero que me quiera y me respete, que yo también lo respeto. A veces se hace negar. El otro día lo hice llamar por un amigo, me quedé al lado del teléfono y cuando atendió tomé el tubo. Le dije: "¿Querés que te olvide? ¿Querés que te olvide? Si me decís que sí, yo te olvido y a otra cosa". Pero él no me contesta, no me dice nada. ¿Eso qué significa? Significa que no quiere terminar. Me dijo que salía con otra, pero yo sé que no es cierto, porque una prima mía que vive allá me cuenta. Está triste, demacrado, anda solo. Estoy segura de que sufre mucho. Ni con los amigos se junta. Mejor, porque los amigos le llenan la cabeza, todo el tiempo le estarán diciendo: "Vaya a saber lo que hace esa mujer, allá en el Norte".

A Agata le daba pena el doloroso énfasis de la muchacha.

—¿Por qué no le proponés que venga a trabajar acá?

—¿Para que lo humillen? Lo conozco, se volvería loco.

La llamaron y fue a preparar un café. Volvió a pasar junto a la mesa y dijo:

—Pero yo voy a luchar, no me voy a entregar, voy a seguir luchando.

Agata esperó a que se desocupara. Pero entraron más estudiantes y el local se llenó. Entonces se levantó, la saludó con la mano y subió a su habitación.

22

Silvana regresó a Tarni y combinaron una salida hacia las montañas. Pasó a buscarla con el coche, cruzaron el puente sobre el río San Giovanni y subieron despacio por un camino asfaltado, dando vueltas entre casas rodeadas de jardines cuyos portones se abrían con comandos a distancia. De tanto en tanto, del camino principal nacían desvíos que llevaban a algunos de aquellos pueblitos que se veían desde abajo. Adheridos a los carteles indicadores, con el mismo tipo de letra, de manera que se integraban al conjunto, Agata vio por primera vez las inscripciones de las que había hablado Toni: *República del Norte.* Descubrió también un letrero que decía *Antoliva* y pensó fugazmente en la temporada pasada ahí, en una casa llamada el Nido de los Niños, cuando su padre había sido movilizado en la Primera Guerra Mundial. A medida que subían, la calma era mayor, no se veía gente, aunque cada tanto aparecían algunos coches. Entonces era el mismo rabioso roncar de motores, la misma fiebre y la misma velocidad que Agata había percibido todo el tiempo y en todas partes. Caras graves detrás de los parabrisas, como si huyeran o estuvieran siempre llegando tarde. Vio pasar una mujer aferrada al volante, el acelerador a fondo, los ojos fijos y la boca abierta en un interminable bostezo.

—¿Dónde van siempre tan apurados? —preguntó.

—A esta hora seguramente a almorzar —contestó Silvana—. ¿Sabía que los italianos sufren de mal de auto?

—¿Qué es eso?

—Se descomponen, se marean, vomitan, igual que en los aviones y en los barcos. Toman los mismos medicamentos.

Durante un trecho tuvieron el sol de frente y luego en la espalda y nuevamente de frente. Al doblar una vez más, detrás de las ramas apareció el lago. Se detuvieron y bajaron del coche para mirarlo. Al fondo, entre las montañas que se esfumaban, sólo se distinguía una gran claridad que podía haber sido cielo o agua. Más cerca, frente a ellas, la superficie hormigueaba de luz. En el centro, transparente, una vela inmóvil. A la derecha estaba Tarni. Vieron, en la ladera, un cementerio lleno de flores que parecía un jardín. Algunas columnas de humo blanco se elevaban serenas en el mediodía sin viento. Descubrieron una casa, construida en el declive violento, oculta entre árboles y arbustos, ahí nomás, bajo sus pies. Un hilo de agua caía entre las rocas y se reflejaba en los vidrios de las ventanas.

Una motocicleta entró en la curva a gran velocidad, se puso casi horizontal, volvió a enderezarse y se perdió.

—Ahí va otro suicida —dijo Silvana.

Siguieron subiendo y ya no había casas. De vez en cuando, nuevamente el lago. Vieron una lápida al costado del camino.

—Paremos un momento —pidió Agata.

Bajaron y leyeron: "Al partisano garibaldino Ravoni Piero, de quince años, caído el 8 de mayo de 1945, como tierna flor arrancada en el despuntar de un nuevo amanecer". Había un recipiente con margaritas recién cortadas.

Más adelante Agata volvió a pedir que pararan. Esta vez la lápida estaba fijada a la roca, con una foto ovalada color sepia, bajo vidrio, enmarcada en bronce. También ahí había flores frescas. Agata las señaló y comentó:

—Algunos siguen teniendo memoria. Me acuerdo cuando mataron a Romeo. Era famoso. Era un jefe.

—¿Lo conoció?

—No. Pero conocí a otros. Un día fusilaron a cuarenta y dos hombres, por el lado de Fondotoce. Sé que construyeron un monumento. Quisiera ir a verlo.

—La llevo cuando quiera.

Todavía tropezaron con un grupito de diez o doce casas, apiñadas, antiguas, piedras y vigas de madera ennegrecidas. Un letrero descolorido decía: *Bar Stella Alpina*. Estacionaron, entraron en un local vacío y se sentaron junto al ventanal. Del otro lado del camino había unas parras con uva madura, unas hileras de maíz, una franja de terreno arado, otra de pasto verde y en el medio un ciruelo solitario, ya con pocas hojas en las ramas. Las hojas, bajo la brisa suave, resistiendo todavía, ondeaban como banderitas y, al vibrar, sus colores cambiaban. Agata miraba todo, cada detalle era un reencuentro. Le hubiese gustado disponer de las palabras adecuadas para compartirlo con Silvana. Cuando salieron le pidió que dejaran el auto y siguieran a pie. Quería caminar en aquella quietud.

Después de la primera curva se encontraron con un tabernáculo azul y se acercaron para mirar a través de la reja. Había una virgen pintada sobre la pared del fondo y dos santas en las laterales. Se notaba que habían sido restauradas no hacía mucho.

—¿Le conté que Vito pinta? —preguntó Silvana.

Agata dijo que no.

—También escribe. Publica en el diario de la zona y en algunas revistas.

—¿Qué escribe?

—Historias sobre la gente.

Dejaron atrás el tabernáculo y pasaron por una casa aislada, con un cartel de madera sobre la puerta, escrito a mano: *Bettini Aristide Floricultor*. Volvieron a detenerse cuando vieron a un hombre hundiendo un pico en la tierra, en un claro en la pendiente. Llevaba pantalones oscuros y un buzo rojo. Estaba de espaldas y golpeaba con furia. "¿Qué puede hacer ahí?", se preguntó Agata, "¿Qué puede buscar? ¿Qué puede cavar?". Aquel hombre la turbó. Le transmitía una sensación de absurdo, la idea de una tarea imposible. Era demasiado pequeño y lo que lo rodeaba demasiado grande. Era como una hormiga emprendiéndola contra la montaña. Aquella figura, agitándose sola allá arriba, perdida en la vastedad, la hacía sentirse identificada. Sentía que se parecían. También ella, desde que había llegado, a su manera, lo que había hecho era golpear y golpear sobre una cosa grande y sin fisuras. Y había insistido, como seguía insistiendo ahora, como con seguridad lo haría en los días siguientes.

Durante un tramo el camino se deslizaba horizontal, después comenzaron a subir de nuevo. A partir de ahí, alrededor sólo había bosque y todo era color oro. Debían estar muy arriba, pero habían perdido referencia de la altura, porque la espesura de la vegetación les impedía ver. A la izquierda bajaba una ladera cubierta de helechos secos que parecían arder cuando les daba la luz del sol filtrada entre las ramas. A la derecha, una pared de roca en cuyas hendiduras crecían árboles y arbustos y colgaban grandes raíces. Había rizos de castañas en el suelo. Una ardilla trepó por un tronco y se perdió. Agata se detuvo y giró en redondo. Elevaba los ojos y por encima de ella no había más que ramas doradas y detrás el cielo. Comenzó a sentir que esa fiesta de color albergaba una promesa. A su lado, Silvana la observaba en silencio.

—¿Seguimos? —dijo Agata.

—¿No está cansada?

—Veamos qué hay detrás de aquella curva.

Después de cada curva aparecía otra. El camino se cerraba siempre, pero también, todo el tiempo, abría una nueva posibilidad. A Agata esta expectativa la estimulaba igual que una aventura. Se impacientaba como un chico. Encontró un palo, lo usó de bastón y sintió que estaba rescatando un viejo ritual. Se desviaba hacia los sitios donde se habían amontonado las hojas secas, las pisaba y arrastraba los pies para oírlas crujir. También eso le causaba placer. Le parecía que nunca más iba a sentir cansancio. Quizá el camino no tuviera fin y, si una se dejaba llevar, si no se le acababa la curiosidad, podría seguir y seguir quién sabe hasta dónde. Aquello no era solamente caminar. Agata sentía que en el esfuerzo, en la persistencia, había una forma de respuesta. Que cada metro ganado era un acercamiento a lo que deseaba encontrar. Que poco a poco comenzaba a restablecerse una armonía entre ella y el mundo que la rodeaba. Y que debía insistir, seguir, hasta que en algún recodo del camino algo viniese finalmente a su encuentro.

Cuando advertía que Silvana estaba por proponerle detenerse y volver, se anticipaba y repetía:

—Veamos qué hay detrás de aquella otra curva.

Y a medida que avanzaban aumentaba en ella la sensación de euforia y poderío, como si marchase sobre un terreno conquistado. Empujaba un pie delante del otro con determinación, le satisfacía percibir la fuerza que había en sus viejos huesos y en su sangre. Llegó un momento en que fue como si nunca hubiese partido y se olvidó de que existía un lugar esperándola, lejos, una casa y una familia en otra parte. Estaba perdida en esos bosques y no había nada ahí que le hablara de urgencias, que le exigiera nuevas preguntas. No había preguntas. El aire que respiraba era el de antes. Desde el silencio, desde la luz, una voz le hablaba el idioma de entonces. Tal vez hubiese cosas que podían ser recuperadas. Aquellas que no habían sido tocadas por los hombres.

Silvana avanzaba a su lado, sin hablar. Sólo una vez preguntó:

—¿Qué busca?

Pero lo dijo como quien no espera respuesta, como si se hablara a sí misma o al aire.

Hacia la derecha, no muy lejos, inesperado, apareció un

vallecito. Se abría entre las montañas como una mano sosteniendo un puñado de casas que parecían de juguete. Un camino de tierra bajaba hacia las casas.

—Vamos por ahí —dijo Agata.

—¿De dónde saca tanta energía? —preguntó Silvana.

El sol estaba sobre el cerro que dominaba el pueblo. Silvana levantó el brazo y lo señaló. A medida que bajaban, la distancia entre el sol y la cumbre se iba achicando. Se detuvieron y el sol también se detuvo. Siguieron avanzando y el sol tocó la punta del cerro. En unos metros más se fue ocultando y terminó por desaparecer. Entonces frente a ellas, alrededor, no hubo más que sombra. Silvana, abriendo los brazos, como en un juego, dijo:

—Nosotras hicimos el atardecer.

Hubo un reflejo de sonrisa en su cara, pero los labios no se movieron. Agata pensó que nunca la había visto sonreír.

No llegaron hasta el pueblo. Se sentaron sobre un tronco y miraron las casas desde lejos. También ahí estaban rodeadas de hojas caídas. Agata tomó una y la hizo girar entre los dedos. Era una hoja grande, roja y amarilla, con cinco puntas y nervaduras fuertes. La levantó a la altura de los ojos y la mantuvo ahí. Advirtió que Silvana la observaba y pensó que ella no podía saber que ese gesto estaba reeditando otro, antiguo, de su niñez, una tarde de domingo que su madrina Elsa le había contado la desgraciada historia de su familia. La imagen de Elsa mirando a través de una hoja seca acababa de acudir muy clara a su memoria y repetir aquel gesto era una forma de acercarla todavía más. Le habló a Silvana de los días en que, sentadas bajo el nogal, al fondo del terreno, Elsa la había iniciado en la lectura de los primeros libros.

—Me gustaba tanto —dijo Agata sonriendo.

—¿Qué leían? —preguntó Silvana.

Agata hizo memoria y recuperó algunos títulos: *Los miserables, Los tres mosqueteros, Crimen y castigo, El conde de Montecristo, La guerra y la paz, Nuestra Señora de París.*

—Seguro que los conocés.

Silvana dijo que sí, pero que no había tenido la suerte de que se los leyeran bajo un nogal.

Se estaba bien ahí, en aquel vallecito, con el grupo de casas frente a ellas. Daban ganas de hablar y recordar. Ahora, con la hoja entre los dedos, todo volvía y le parecía que esas cosas hubiesen ocurrido ayer. Agata dijo que aquéllos fueron buenos años. Antes de eso la vida había sido complicada, después fue complicada, pero hubo un tiempo, cuando su padre y su madrina Elsa se casaron, en que ella había sido feliz. Ésa era justamente la época en que aprovechaban los domingos de sol para ir a sentarse sobre el pasto. Elsa leía y ella cerraba los ojos y viajaba.

—Como yo ahora —dijo Silvana.

Agata la miró sin entender.

—Usted cuenta y yo viajo.

—Me gustaba aprender de aquellos libros, no de los que nos daban en la escuela.

—Caminando en su compañía yo también estoy aprendiendo.

—¿Aprendiendo qué?

—A conocer estos lugares.

Silvana dijo que nunca había tenido oportunidad de mirarlos así, a través de los ojos de otra persona. Eran sitios por los que había pasado siempre, cosas que conocía desde que había nacido, y ahora era como si los viera por primera vez.

—¿Se entiende? —preguntó.

—Sí —dijo Agata.

Entendía. También se sentía halagada. Y satisfecha. Estaban ahí, sentadas sobre un tronco, en medio de aquel oro, después de haber caminado, subiendo y bajando, superando una curva tras otra. Y caminar las había llevado a alguna parte. Nada especial: aquella quietud, la hoja seca en la mano, las palabras de Silvana. Pero Agata sentía que su día se había llenado de sentido.

En la iglesia del pueblo comenzaron a tocar las campanas. El vallecito con sus casas, quieto, sin gente a la vista, era como un yunque bajo los tañidos. Después, cuando las campanas callaron, el silencio fue mayor que antes. Silvana sugirió que deberían marcharse para que no las sorprendiera la noche caminando. Agata se levantó, tomó su bastón y emprendieron la subida hacia el camino principal.

23

Esa noche, durante la cena, había un comensal nuevo en la mesa de al lado. Un tipo enjuto y bajo, aun más charlatán que los otros. No se oía más que su voz exponiendo las virtudes del coche que acababa de comprarse. Lo describía con los mismos términos que hubiese empleado para una mujer hermosa, el mismo entusiasmo y la misma devoción. Después el coche dejó de ser una mujer y se convirtió en algo así como un aparato alado, poderoso e imbatible, y a Agata el relato le recordó las naves espaciales de ciertas películas que había visto en la televisión. El tipo decía:

—Apenas toco el acelerador: uuuh.

Y cortaba el aire con el canto de la mano, como si estuviese dibujando el despegue de un avión. Informó del tiempo empleado entre tal pueblo y tal otro, la ida, la vuelta, todo calculado con precisión de segundos, todo cronometrado. Cada vez que mencionaba una cifra buscaba la aprobación o el asombro de los compañeros de mesa. Los otros masticaban y asentían sin mirarlo, subiendo y bajando la cabeza.

Cuando Agata dejó el comedor aquel tipo seguía hablando solo. Bajó los tres escalones que llevaban al barcito, se sentó y pidió su té. El bar estaba muy concurrido esa noche, los estudiantes iban y venían, siempre ruidosos y rápidos de manos. Agata supo que esperaban la transmisión del partido de fútbol entre Italia y Dinamarca. Pero faltaba bastante y nadie miraba televisión todavía.

En la pantalla se veía una multitud desfilando por las calles de una ciudad. La gente llevaba carteles y antorchas. Después Agata se enteró de que se trataba de un funeral. Dos chicas y una mujer habían muerto al ser incendiada por un grupo de nazis la casa donde vivían, en Möelln, una localidad de Alemania. La noche del incendio la policía y los bomberos recibieron el mismo llamado: "Las casas arden, *heil* Hitler". Alternándose con las imágenes del funeral, la televisión mostraba grupos de muchachos con la cabeza rapada entonando himnos, saludando con el brazo en alto y enarbolando banderas con la cruz svástica.

La voz del locutor decía: "Centenares de personas se reunieron silenciosamente frente a las ruinas de la casa donde murieron quemadas Yeliz Aslan, de 11 años, Aiche Imil, de 14, y Bahide Aslan, de 51. Mientras tanto, dos mil personas desfilaban por las calles de Berlín, y tres mil en Hamburgo. Hubo manifestaciones en todo el país, y en numerosas fábricas los obreros guardaron un minuto de silencio. La hoguera de Möelln es el último crimen de una larga serie".

La misma voz comenzó a leer una lista de los agredidos y asesinados en los meses recientes: extranjeros en espera de asilo, operarios inmigrados, turcos, rumanos, gitanos, húngaros, africanos, también alemanes antifascistas o sin techo.

Sadri Berisha, inmigrado de Kosovo, 53 años. Tres skinheads *lo sorprenden dormido en un albergue para obreros extranjeros y le destrozan la cabeza.*

Emil Wendland, 50 años, sin techo. Es agredido por cuatro skinheads *en un parque, lo abandonan moribundo por los golpes, uno de los agresores regresa y lo ultima con una cuchillada.*

Dragomir Christinel, rumano, 18 años. Tres skinheads *de su misma edad lo golpean hasta la muerte.*

Gustav Schneeclaus, capitán de marina, 53 años. Dos skinheads *lo provocan en un bar. El militar dice lo que piensa de Hitler y del Tercer Reich. Lo atacan a bastonazos y terminan matándolo a patadas.*

Ingo Finnern, 22 años. En un bar admite ser sinti, *término con el que se definen los gitanos establecidos desde generaciones en Alemania. Un grupo de neonazis le exige que salude con el brazo levantado. Se niega. Lo golpean, lo arrojan al agua del puerto y muere ahogado.*

Klaus Dieter Klein, 49 años, sin techo. Dos skinheads *lo acuchillan en un parque y lo rematan a patadas.*

Durante un cumpleaños, el grupo que festejaba es atacado por unos setenta skinheads *armados de palos y barras de hierro. Hay numerosos heridos graves y Torsten Lamprecht, de 27 años, muere con el cráneo destrozado. Dos días después la madre es apostrofada en la calle por unos cabezas rapadas: "También a vos te agarraremos, puta".*

Ireneusz Szydersky, obrero polaco, 24 años. A la salida de una discoteca es asesinado a golpes.

Karl-Heinz Rohn. En una cervecería, al ser confundido con un hebreo, es destrozado a patadas por dos neonazis. Luego de rociarlo con material inflamable le prenden fuego.

Silvio Meier, 27 años, militante de izquierda. Muerto a cuchilladas en una estación de metro por un grupo de skinheads *integrado por cuatro hombres y una mujer.*

En Colonia un joven turco de 21 años es asesinado en la entrada de una discoteca con un disparo de fusil de caza.

En Gelsenkirchen tres adolescentes, menores de 15 años, son detenidos después de haber lanzado bombas incendiarias contra un hospedaje de inmigrantes. Los tres admiten haber actuado por odio contra el extranjero.

También en Inglaterra y en España se habían producido agresiones, siguió el locutor. En Madrid, unos enmascarados atacaron a un grupo de inmigrantes dominicanos que dormía en una ex discoteca abandonada, en el barrio residencial de Aravaca, matando a una mujer de 33 años e hiriendo a un joven.

En Roma, en Colle Oppio, un argelino de 34 años y un tunecino de 29 fueron rodeados por un grupo de veinte jóvenes que, al grito de "fuera los extranjeros", los apuñalaron. De nuevo en Roma, a un ciudadano italiano de 63 años, pero de piel negra por ser hijo de madre somalí, lo rociaron con bencina mientras dormía y le prendieron fuego.

En Milán fue acuchillado el español Jesús María Parras: *Tiene el cuerpo lleno de hematomas provocados por los bastonazos y sobre el pecho las vendas que cubren las diez puñaladas que un grupo de cabezas rapadas, todos entre 17 y 20 años, le infirió la noche del sábado a la salida del Centro Social Leoncavallo.*

En el cruce de una calle de Bologna, el joven Mohamed Califa, marroquí, lavavidrios, fue atacado con cadenas y palos por un grupo de *skinheads*. En Bovezzo, dos jóvenes senegaleses fueron apaleados por una docena de italianos. En Firenze un estudiante fue golpeado por un grupo de neofascistas al rechazar su volante.

Después la pantalla mostró manifestaciones antirracistas en numerosas ciudades italianas. El locutor leía los carteles mientras la cámara los enfocaba.

Bergamo: *Conocer la historia para no temer el futuro.*

Pisa: *Ciudadano, no te quedes mirando, baja a la plaza a protestar.*

Ferrara: *La tierra conoce una sola raza: el hombre.*

Bari: *Todos somos ciudadanos del mundo.*

Piacenza: *La memoria histórica del Holocausto debe permanecer viva en todas las conciencias, para oponerse firmemente a las manifestaciones racistas que ensucian Europa.*

Roma: *Ninguna tregua al fascismo y al racismo.*

Pordenone: *Una vez más en Europa la nacionalidad se convierte en elemento de discriminación y de violencia e identifica a cada "diferente" como una amenaza.*

Perugia: *Contra los fantasmas del pasado que prosperan sobre la indiferencia y el progresivo vaciamiento ideológico de la sociedad.*

Seguían entrevistas y testimonios.

"Cuando sea grande quiero dirigir un campo de concentración." Así contestaba un chico de nueve años, en Treviso, ante una pregunta de su maestra. *Esto* —decía la voz en off— *nos obliga a reflexionar sobre los nuevos valores del mundo de la infancia. En la escuela se percibe la presencia de la violencia, la intolerancia, el odio. Una actitud que se manifiesta inclusive en la relación entre los chicos y que los lleva a desear trabajos de real represión contra sus semejantes.*

En una escuela, en una localidad cerca de Como, un alumno había comentado: "Pero, profesora, los judíos son iguales a nosotros, vi uno en la televisión".

Una profesora de física secuestró una hoja de papel que circulaba entre las carcajadas de los alumnos. Era el dibujo de un cuerpo inerte sobre una mesa y abajo: "Receta para cocinar un hebreo. Está listo cuando se siente olor a quemado".

Pequeñas y grandes señales testimonian el riesgo de una verdadera generación carente de memoria histórica. Esto podría estar engendrando una sociedad similar al peor pasado.

Una muchacha contestaba por qué tenía la agenda decorada con svásticas. Le gustaba porque eran fáciles de dibujar. Otros alumnos dijeron que la svástica era el símbolo del sol, que para los aztecas significaba la energía vital y para los antiguos hindúes era una imagen sagrada. No sabían otra cosa con respecto a la svástica.

En las calles de Roma se vendían camisetas con la imagen de Hitler y la inscripción: "Tour europeo 1939-1945".

Cuando un extracomunitario viene para trabajar en nuestro país el suyo es un derecho de esperanza, un derecho natural. Existe un deber de solidaridad, porque somos un pueblo que por enteras generaciones hemos golpeado a las puertas de otros países y nos las han abierto. No se puede cerrarle la puerta en la cara a quien pide entrar.

Estamos convencidos de vivir en una época altamente progresista. Pero esta ferocidad y crueldad, estos fenómenos extremos están destinados a crecer, son hijos de nuestro tiempo, un producto del sistema en el que vivimos.

Agata permanecía inmóvil en su silla. Las imágenes, las cifras, los nombres, eran como eslabones de una cadena cada vez más tensa. Le parecía que alrededor, por encima de ella, algo estaba por quebrarse. Pero nada ocurría, y los nombres y las cifras seguían sumándose. Entonces supo que esa tensión a punto de estallar estaba dentro de ella. Era un viejo, conocido y doloroso desconcierto. Venía de lejos, de cuando aún vivía en Tarni. Y ahora volvía a aparecer, imprevisto y violento, resumido en la pregunta que no cesaba de retumbarle en la cabeza: ¿Qué está pasando?

Sin que se diera cuenta, el programa terminó, las voces y la música fueron otras, y a su alrededor los asientos se fueron ocupando. En la pantalla apareció una cancha de fútbol, tribunas coloridas, colmadas de gente. Alguien, a su lado, dijo:

—Ahí salen los nuestros.

Agata se quedó todavía un rato sentada, sola con su confusión, en medio de los muchachos que ya habían llenado el local, gritaban, se empujaban y se robaban las sillas.

24

Agata dejó el bar mientras a su espalda, frente a la pantalla del televisor, crecía la agitación. Se detuvo al encarar la escalera y se recostó contra la baranda para evitar a dos muchachos que bajaban a los saltos, persiguiéndose. Subió despacio y cuando estuvo arriba descansó un instante. Hasta ahí no llegaban los ruidos de la planta baja. El piso encerado y los vidrios de los cuadros brillaban pese a la claridad escasa. Agata avanzó en la medialuz, entre las puertas cerradas, y el pasillo le pareció interminable. Le urgía llegar a la habitación y reencontrarse con sus cosas. Entró, se quitó los zapatos y se calzó las pantuflas. Abrió la valija, sacó el mapa que había dibujado con su nieta y lo desdobló sobre la mesa.

Se sentó, se colocó los anteojos y comenzó a recorrerlo. Deslizaba el dedo por las líneas oscuras y se detenía en las marcas: cruces, redondeles, flechas, nombres, aclaraciones. Recordó ese mismo gesto unas semanas antes, cuando Tarni y sus calles eran un mundo lejano, cuando todavía la separaban el océano y tanto tiempo. Por un momento estuvo de nuevo allá, en el pueblo de llanura, en el garaje de la casa de su hija, fantaseando con el regreso. Tuvo que hacer un esfuerzo para recordar que ahora esas calles estaban ahí mismo, bajando una escalera, cruzando un hall de hotel y una puerta. Levantó la mirada y recorrió las paredes y los muebles de la habitación. Después volvió al mapa.

Era la primera vez que lo sacaba y por lo tanto la primera oportunidad en que podía analizar las diferencias entre las anotaciones y lo que había encontrado al volver. Aunque los cambios habían sido muchos, nada se había alterado en sus recuerdos. Las imágenes antiguas y las recientes acudían, fluían y se iban mansamente, sin confundirse unas con otras. Agata sabía que hubiese podido reconstruir ese mapa con la misma precisión, aun después de haber recorrido el pueblo durante meses.

Pero no era sólo esta fidelidad de su memoria lo que encontraba. Pese a los contrastes, pese a los dos mundos bien diferenciados, había una señal que unificaba las geografías y el recuerdo de las geografías. Un color, una tonalidad, que emparentaban las cosas pasadas con las de ahora. Era una sombra que se proyectaba sobre el mapa y lo modificaba.

Mientras seguía deslizando el dedo sobre el papel, Agata trataba de individualizar esa sombra. Pretendía saber qué era, para poder nombrarla. Porque su peso, su presencia, la angustiaban. Y nombrarla tal vez fuese una forma de exorcizar la angustia.

En realidad había sabido de qué se trataba mucho antes de abrir la valija y desplegar el mapa. Lo supo allá abajo, en el bar, frente al televisor. Aquel programa actualizaba para ella unos símbolos de muerte que hasta ese momento permanecían adormecidos en el pasado. Eran los mismos que en una época habían invadido su vida y su casa. Al emigrar a América, una de las muchas marcas del horror que se llevó estaba representada por aquellas banderas y sus cruces. Las mismas que ahora, al regresar, encontraba en una pantalla de televisión enarboladas por gente joven. Creía que esos símbolos habían desaparecido para siempre. Y sin embargo ahí estaban. Era como si una parte de su vida, la vida en general, hubiese sido engañada.

Todo esto era lo que ahora Agata leía en su mapa. El mundo de estos días y aquel otro, lejano, estaban ligados por la misma demencia y la misma ferocidad. También descubría que ella seguía tan vulnerable ante esta violencia como lo había sido frente a aquella de los años de guerra. Permaneció sentada, la mirada perdida sobre el papel. Después lo dobló y volvió a guardarlo en la valija. Sintió como si con ese gesto cerrara una etapa de su regreso y abriera otra. Y la sensación fue la de un hachazo que cortara una amarra y a partir de ahí algo quedara flotando a la deriva.

25

Al despertar Agata oyó un coro de voces y no supo si venían desde el interior del hotel o desde el exterior. Parecían voces infantiles, de niñas, y pensó en el colegio de monjas que estaba a cincuenta metros. Le gustó aquel saludo matutino y cuando dejó la cama se asomó al balcón para determinar el origen. Las percibió dispersas en el viento, surgiendo y eclipsándose. Después callaron y sólo quedó el rumor de las ramas de los álamos y algún roncar lejano de motores. Hacía frío y el cielo estaba cubierto. El gato negro con la cara blanca dormía junto al aljibe. Agata recordó el programa de televisión de la noche anterior y aquellas imágenes se impusieron sobre este remanso de paz de la mañana. Tomó sus remedios, bajó a desayunar y se encontró con un mensaje de Silvana avisándole que pasaría a buscarla al mediodía para visitar el Monumento a los 42.

Llegó puntual, como siempre. Dijo que había dejado el coche en una gomería, no era lejos. Mientras caminaban, al pasar frente a una panadería, una mujer salió a la puerta y llamó a Silvana. Detrás apareció un hombre. Eran los propietarios del negocio. Hablaron rápido porque adentro tenían varios clientes esperando.

—Ya estamos en los tramos finales —dijo la mujer.

—Cuestión de días —dijo el hombre.

—Necesitamos que vengas a casa —dijo ella.

—Nos avisaron que estemos preparados —dijo él.

—Estoy muy emocionada —dijo la mujer.

Silvana les presentó a Agata. Cuando supo que venía de América, la mujer le contó una historia que Silvana evidentemente ya conocía. Hacía un año que estaban tramitando la adopción de un chico, mexicano, todavía ignoraban la edad y el sexo, pero esa noche o a más tardar al día siguiente recibirían un llamado confirmándoles esos datos. Luego viajarían a México.

—Le estamos preparando un cuarto, necesitamos tu consejo para la decoración.

Silvana les prometió que los visitaría. Agata se despidió y les deseó suerte. La mujer le agradeció tomándole ambas manos y reiteró que estaba muy emocionada.

Fueron a retirar el coche y después, mientras corrían a lo largo de la costa, Silvana le preguntó a Agata si estaba enterada de la noticia del día.

—No —dijo Agata—. ¿Qué pasó?

—En Tersaso una mujer mató a la hija para quitarle el novio.

Hablaron de eso mientras cruzaban varios pueblos, todos parecidos, con sus puertos para botes y lanchas, y el paseo arbolado sobre el agua.

Pararon a cargar nafta y siguieron.

—Ayer, después de dejarla a usted, crucé a Coseno —dijo Silvana.

—Volviste rápido.

—Terminamos discutiendo. Si le cuento se va a reír. ¿Quiere escuchar la historia?

—Sí —dijo Agata.

—Fuimos juntos al supermercado e hicimos las compras para la cena. Vito insistió en que quería cocinar él y se puso a limpiar las verduras. Yo me senté a mirarlo y comenté que estaba trabajando de más. "¿Por qué?", preguntó él. Le dije que las chauchas no tenían hilo y no hacía falta quitarles las dos puntas, con cortarles el cabo suficiente. ¿Y sabe qué me contestó? Dijo: "Mi mamá me enseñó que se hace así".

Silvana miró a Agata esperando un comentario. Agata hizo un gesto que no significaba nada, enarcó las cejas y se mantuvo en silencio. Silvana siguió contando. Aquella era una de esas respuestas de Vito que la enfurecían, y él lo sabía. Le había hablado girando hacia ella y mirándola a los ojos, sonriendo, como si se tratara de una broma. Pero, en realidad, le estaba diciendo: "El trabajo lo estoy haciendo yo, nadie te llamó a opinar". A partir de esa frase nada anduvo bien. Silvana sabía que lo mejor era callarse, pero no pudo: "¿Qué tiene que ver tu madre? ¿Por qué tenés que mencionar a tu madre?". También ella había hablado tratando de sonreír. "Mi madre es una mujer con gran sentido común", dijo él, "siempre seguí sus consejos y hasta ahora nunca tuve que arrepentirme". Silvana tuvo su segunda oportunidad de callarse, pero no lo hizo. Dijo que no había tenido una madre tan sabia, pero que ella misma, sin demasiados consejos, podía darse cuenta de ciertas cosas y llegar a algunas conclusiones. "¿Por ejemplo?", preguntó él. "Por ejemplo que esas chauchas no necesitan ser cortadas en las dos puntas". "Muy bien", dijo él, siempre cortando los dos extremos de las chauchas, "es probable que yo carezca de iniciativa personal, pero a veces se me ocurre pensar que negarse a las sugerencias de quienes han vivido más que uno puede constituir un pequeño acto de soberbia". Hablaba así, con términos muy elegidos, como si estuviese pronunciando un discurso. Y la miraba por encima del hombro, sonriendo. Silvana le preguntó si la estaba acusando de soberbia por haber afirmado que unas miserables chauchas se podían limpiar cortándoles un solo extremo. "Yo no te acusé de nada", dijo él, "sólo sostengo que no hay nada de malo en escuchar a los que han visto más mundo que uno". "Como tu madre", dijo Silvana. "Como mi madre", dijo él. "Y como vos", siguió Silvana. "No hablaba de mí", contestó él. Seguía trabajando dándole la espalda. Había colocado una cacerola sobre el fuego y echó las chauchas adentro. Estuvieron sin hablar y sin mirarse un buen rato. Si en algún momento ella o él se hubiesen puesto a reír, a lo mejor la noche se salvaba. Pero ninguno de los dos rió. Ella dijo: "Yo no pienso comer de esas chauchas". Entonces Vito abrió la ventana, quitó la cacerola del fuego y tiró las chauchas al patio. Ella se marchó y tomó el transbordador de vuelta.

—¿Alguna vez oyó una historia más estúpida que ésta? —preguntó Silvana.

Agata sonrió, sacudió la cabeza y volvió a enarcar las cejas.

Se detuvieron en un cruce. A la izquierda había una canchita de fútbol y, jugando, muchachos con camisetas verdes y anaranjadas. La cancha terminaba en los juncos que cubrían la orilla y penetraban en el agua del lago. Durante la noche había nevado sobre los picos altos que se veían al fondo. Brillaban y la luz que irradiaban se proyectaba contra el cielo. Los carteles indicadores decían: *Mergozzo, Domodossola, Sempione.* Y también: *Monumento a los 42 mártires de Fondotoce.* Doblaron, alejándose de la costa. Había un restaurante que se llamaba Del Lago. El nombre de la calle era Malpensata. Siguieron un trecho corto, por un camino asfaltado. En el paisaje ocre resaltaban los frutos rojos y el verde intenso de las hojas de unas plantas de muérdago. Un hombre emparejaba un sendero a golpes de pico y pala.

Estacionaron, bajaron del coche, cruzaron un cerco e ingresaron en un terreno flanqueado por abedules. Frente a ellas, entre varias hileras de pinos, se abría un camino de lajas. Al fondo se veía una cruz de cemento, alta y clara entre la negrura de las ramas. A ambos costados, antes de ingresar al camino de lajas, había dos monumentos. El de la izquierda estaba formado por cuatro lápidas verticales, colocadas en semicírculo, con listas de nombres por orden alfabético: A LOS

CAÍDOS EN LOS CAMPOS DE CONCENTRACIÓN NAZIS. Abajo, una lápida más pequeña con la inscripción: NUNCA MÁS ALAMBRADAS EN EL MUNDO. Esculpidas, dos manos apartando postes y alambres de púas. Había también un trozo de mármol apoyado contra un macetero con flores y una piedra incrustada: PIEDRA DE MAUTHAUSEN. Y una urna de granito: CENIZAS DE LOS CAÍDOS EN EL CAMPO DE MAUTHAUSEN.

Agata recorrió lentamente los nombres de las cuatro lápidas grandes y descubrió su apellido en dos oportunidades. Había un Dante y un Pietro.

El monumento de la derecha era de bronce: troncos mutilados y ramas retorcidas que se elevaban en forma de brazos y manos. Una placa decía: A NUESTROS HERMANOS CAÍDOS POR LA LIBERTAD — URSS GEORGIA. Y otra placa, más reciente: A CUARENTA AÑOS DE LA VICTORIA SOBRE EL NAZIFASCISMO —1945-1985— LOS PARTISANOS ITALIANOS A LOS PARTISANOS SOVIÉTICOS.

Agata y Silvana sortearon una cadena colocada entre dos pilares de piedra e ingresaron al camino de lajas. Entre los pinos el silencio era tan grande como en una catedral vacía. A los costados, en la base de cada tronco, había reflectores apagados. Frente a la cruz, un trípode de hierro, de dos metros de alto, con un brasero arriba. Agata pensó que ahí encenderían fuego en las fechas conmemorativas. Al pie de la cruz, otra lápida: EN RECUERDO DE LOS 42 MÁRTIRES DE FONDOTOCE. Y los nombres. Agata los leyó.

—Conocía a varios —dijo—. Éste era el marido de una compañera mía, en la fábrica. En realidad eran cuarenta y tres los que trajeron ese día. Uno sobrevivió al fusilamiento. Un milagro. Alguien lo rescató de entre los cadáveres y se salvó. Pero quedó mal de la cabeza. No era de esta zona. Cuando terminó la guerra se quedó acá. No tenía a nadie. Comía de lo que le daban y dormía en cualquier parte. Lo llamaban *El 43*. Una noche en que hacía mucho frío, Mario lo trajo a casa y le colocamos un colchón en el piso de la cocina. A lo mejor todavía anda dando vueltas por ahí.

Agata bajó del camino de lajas, se metió entre los pinos, arrancó algunas flores silvestres, blancas y amarillas, regresó y las colocó sobre la lápida.

Detrás de la cruz había una larga pared de piedras negras, con franjas de mármol blanco a lo largo: A LOS 1200 PARTISANOS DE LA REGIÓN CAÍDOS DURANTE LA RESISTENCIA. En el mármol, de tres en tres, con letras rojas, estaban los nombres. La lista seguía en la parte posterior de la pared.

Agata regresó al camino de lajas y giró en redondo para poder mirar todo aquello. En el frío, en el silencio, le parecía estar metida dentro de un sueño, rodeada de figuras congeladas: ramas oscuras, piedras, nombres en las piedras. Frente a la cruz, era como si el tiempo vivido lejos de esos lugares, el tiempo que la había vuelto vieja, no hubiese pasado. Y el absurdo de otros años regresase, intacto, a sorprenderla. Pensó en la gente que había visto en esos días, los jóvenes en las escalinatas y en los bares, los ancianos bien vestidos charlando en el sol, las mujeres en las calles y en los supermercados. Se preguntó qué significaría para ellos ese monumento y todas las otras lápidas, en las plazas, en los muros, en los caminos de montaña. Monolitos, señales de alerta, advertencias, recuerdos de una época de demencia, puestos ahí para la memoria, para no olvidar, para que esa demencia no se volviese a repetir. ¿Qué significaban ahora a los ojos de esas personas? ¿Qué función cumplían? Tal vez no eran más que objetos de curiosidad, referencias sin sentido, accidentes invisibles del paisaje. Volvió a pensar en el programa de televisión, en sus cifras y sus símbolos de miedo. Ahora, sobre las lajas claras, entre las ramas negras, le pareció que estaba frente al altar de un sacrificio lento y demorado. Y el sacrificio no terminaba de consumarse. Por segunda vez, desde que había iniciado su viaje de regreso, sintió que se había llevado a cabo una traición.

Salieron del terreno. Agata se dio vuelta para mirar una vez más la cruz. Por la ruta iban y venían, veloces, algunos coches. Con seguridad turistas, gente que pasaba y no sabía. El cielo se había oscurecido aún más y al fondo las montañas nevadas parecían despedir un fulgor maligno.

26

Habían ido a sentarse bajo la glorieta, en el patio de un barcito ubicado en la entrada del puente sobre el San Giovanni. No había otros clientes. Las atendió una mujer alta y sin edad, la cara larga y cuatro arrugas verticales en las mejillas que parecían surcos. Pasó con energía un trapo sobre la mesa metálica y se quedó esperando, sin preguntar qué deseaban servirse. Silvana pidió una botella de agua mineral, una jarrita de vino y unos bizcochos dulces.

—Me gusta este lugar —dijo—, nunca hay nadie.

Más allá del patio, a un costado de la casa, se veía una quinta con hortalizas y algunas gallinas escarbando la tierra. Volvió la mujer, dejó el pedido y se fue sin hablar.

—¿Un poco de vino? —preguntó Silvana.

—Una gota.

Le sirvió un cuarto de vaso. Agata se mojó los labios, saboreó y después lo tomó todo.

—Es rico —dijo.

—¿Otro poco?

—Pero sólo una gota.

Silvana sirvió para ambas. Se echó contra el respaldo de la silla, las piernas estiradas bajo la mesa, el vaso apretado con las dos manos contra el pecho y fue tomando su vino de a sorbos. Agata probó los bizcochos y dijo que estaban ricos. Había mucha calma a esa hora; sólo de tanto en tanto pasaba un coche, cruzaba el puente, encaraba la cuesta del otro lado y se perdía en la primera curva. Veían el agua correr abajo, aunque el rumor no llegaba hasta ellas. Silvana volvió a llenar su vaso. Advirtió que también el de Agata estaba vacío y dijo:

—¿Una gota más?

Le sirvió sin esperar respuesta.

—Basta —dijo Agata—. Me van a tener que llevar.

—Yo la llevo a usted y usted me lleva a mí. Nos vamos cantando, como en sus tiempos.

—Lo único que me faltaba, imagináte, a mi edad.

—Salud —dijo Silvana.

Agata la miró y vio que en sus ojos se había diluido la dureza y la gravedad que los velaban siempre. Sin que le preguntara nada, Silvana empezó a contar de su trabajo, de algunos clientes, de ciertas manías y gustos suyos con respecto a la comida, la ropa, los horarios, el dinero, las amigas. Hablaba mirando la parra sobre su cabeza. Las palabras fluían y una frase se sucedía a otra sin alteraciones, como en un rezo. Eran confidencias mínimas, detalles domésticos, trivialidades. Pero era justamente eso lo que le de daba a Agata la medida y la importancia de ese momento de intimidad. Pese a lo poco que conocía a Silvana, adivinaba que eran parecidas en cuanto al pudor y la reserva extrema con sus cosas personales. Se sentía cómoda y agradecida por esa expresión de confianza. Y a medida que pasaban los minutos y la voz de Silvana seguía, aquel abandono la fue contagiando y arriesgó preguntas e incursionó en territorios que en otras circunstancias no se hubiese atrevido a tocar.

—Nunca mencionaste a tu padre.

Silvana dudó antes de hablar. Dijo que no lo había conocido. Las abandonó cuando ella andaba por los dos años. Le parecía tener algunos recuerdos, pero no estaba segura. No había fotos. Lo único que sabía de él eran las pocas cosas que le contó su abuela y que tal vez ni siquiera fuesen ciertas. Nunca recibió noticias.

—Vaya a saber cómo es, vaya a saber por dónde anda —dijo.

Alguien apareció en la entrada del patio y las interrumpió. Era un hombre joven, flaco, de pelo y barba descuidados. Permaneció ahí, como si no se animara a avanzar. Silvana lo conocía porque lo saludó y lo llamó por su nombre: Dino. El hombre contestó el saludo, fue a sentarse en otra mesa, la más alejada, en un rincón, y se quedó mirándolas. Silvana levantó la jarra de vino, invitándolo. Dino aceptó con un gesto. Silvana llamó a la mujer y pidió un vaso. La mujer lo trajo, esperó que lo llenara y se lo alcanzó a Dino. Brindaron a la distancia y Silvana le presentó a Agata, dijo que era su amiga, que venía desde la Argentina y que estaba pasando una temporada en Tarni. El hombre levantó el vaso en dirección a Agata. Silvana le preguntó cómo andaban sus cosas y él contestó que bien. Volvió a repetir la palabra bien un par de veces, con un énfasis exagerado y rió. Silvana lo acompañó asintiendo con la cabeza. Después hubo un silencio largo y cuando Silvana se volvió hacia Agata para reanudar la charla el hombre empezó a contar algo. Dijo que hacía un tiempo le había tocado trabajar en un criadero de pollos. Por alguna razón Agata tuvo la impresión de que Silvana ya conocía la historia. Era un criadero grande, dijo Dino, había otra gente trabajando, familias enteras. Él estaba con un compañero y tenían a su cargo cinco galpones. Había estado ahí una buena temporada, sabía todo acerca de pollos, podían preguntarle lo que quisieran. Por ejemplo: ¿cuánto tardaban en alcanzar el peso óptimo para ser enviados al mercado? Un pollo criado normalmente necesitaba ocho meses. Cuando los criadores comenzaron con los híbridos redujeron el tiempo a noventa días. Después, gracias a los nuevos alimentos balanceados, bajaron a sesenta y cinco, y finalmente a cincuenta y cinco días. Aunque sabía que últimamente los pollos daban el peso en menos tiempo todavía. Venían los camiones, se los llevaban y a empezar de nuevo con los pollitos. Los pollos no dormían nunca, comían día y noche, siempre con luz, natural o artificial. Algunos morían durante la crianza y otros en el traslado. Se ahogaban fácil. Si uno caía, los otros lo aplastaban. No tenían fuerza para levantarse. Eran bichos estúpidos, cuando hacía calor en vez de separarse se amontonaban. Y se ahogaban. En cada galpón había unos diez mil. Los rociaban con una especie de vapor húmedo para refrescarlos. ¿Sabían dónde iban a parar los pollos que morían en los galpones? Los comían ellos, los que trabajaban en el criadero. También los que se perdían durante el traslado en los camiones eran aprovechados, iban directamente al peladero. No se desperdiciaba nada. Si se apestaban los llenaban de antibióticos. Por eso a veces la carne de pollo tenía tanto gusto a medicamentos. Les daban hormonas femeninas para que les creciera la pechuga. Había un matrimonio con chicos que trabajaban en el criadero desde hacía varios años. A los chicos, tres varones, se les empezaron a desarrollar pechos de mujer de tanto comer pollo con esas hormonas. ¿Nunca se preguntaron por qué a los enfermos de cáncer se les prohibía la carne de pollo de criadero? ¿No lo sabían? Podían preguntarle a cualquier médico. Era muy común que algún pollo se lastimara y entonces los demás comenzaban a picotearle la herida. La herida se iba agrandando y llegaba un momento en que el pollo caía, se arrastraba y finalmente se quedaba quieto y miraba cómo los otros lo iban comiendo a picotazos. Una vez él estaba en uno de los galpones haciendo su trabajo, llevaba pantalones cortos, se raspó una pierna con un alambre y le brotó una gota de sangre. Siguió trabajando y enseguida sintió varios picotazos en la lastimadura. Espantó a los pollos, trataba de mantenerlos alejados pateándolos, pero volvían y no lo dejaban tranquilo. Quiso salir del galpón y no pudo porque la puerta se había trabado desde afuera. Su compañero no estaba, tardaría unas horas en volver. Así que se armó de paciencia, se colocó de espaldas contra una pared y siguió tirándoles patadas a los pollos. Pero siempre había alguno que lo sorprendía y lograba darle un picotazo. Unos meses después dejó el criadero y se dedicó a otra cosa. Pero nunca pudo sacarse a los pollos de encima. Ahora mismo lo volvían a acosar. Lo acosaban todo el tiempo.

Calló, tomó vino y Silvana le preguntó si soñaba con eso, si se trataba de un sueño. Él dijo que a veces le pasaba soñando, pero en general le sucedía estando despierto. Estaba ahí, contra la pared, defendiéndose, esperando. Y su compañero que nunca llegaba para abrir la puerta.

Ahora Dino sonreía. La expresión de su cara era la de alguien que carga una gran pena y se esfuerza por parecer risueño.

—Pero en algún momento tu compañero llega —dijo Silvana.

Dino terminó su vaso de vino, se levantó y se dirigió hacia la calle.

—Al final tu compañero llega —insistió Silvana en voz alta.

Pero Dino salió del patio sin contestarle.

Quedaron otra vez solas y durante unos minutos no hablaron. Aquel hombre había llegado como una aparición a través de la luz del mediodía, se había sentado en la sombra del rincón y después se había ido, y ahora Agata se preguntaba si alguien había estado realmente ahí hablando con ellas. Oyó la voz de Silvana que decía:

—Quizá esté en otro país, quizá esté muerto.

Tardó unos segundos en darse cuenta de que acababa de retomar el tema del padre.

Después Silvana dijo que no era la desaparición de ese hombre en especial lo que a veces lamentaba, no era ese desconocido lo que extrañaba. Sino el haber sido privada de saber lo que significaba tener un padre. Era un sentimiento que nunca conocería. Si se ponía a pensar en eso percibía como un vacío, la falta de algo, pero ignoraba qué era ese algo. ¿Cómo sería tener un padre? Nadie podía contárselo. Lo mismo que nadie podía explicarle los colores a un ciego de nacimiento.

—Mi única familia fue Carla.

—¿Y tu abuelo?

—Mi abuelo no era como lo cuenta Carla. Nunca estaba en casa. Andaba por ahí, hacía su vida.

Agata nombró a Vito. Dijo que ahora ella la tenía a Carla y también a Vito. Silvana sacudió la cabeza y suspiró hondo.

—Vito, Vito, Vito —murmuró.

Levantó ambos pies y los apoyó sobre una silla.

—¿Quiere que le hable de Vito? —preguntó.

—Sí.

—Bien, ahí va.

Pero durante un rato no pronunció palabra y se quedó mirando el parral. Después comenzó diciendo que, visto desde afuera, Vito aparentaba ser un hombre fuerte, un gran optimista. Desbordaba entusiasmo. Era talentoso, podía hacer cualquier cosa. Todo al mismo tiempo y todo bien. Así era Vito. La gente quedaba deslumbrada al conocerlo. Pero se trataba sólo de una máscara. En realidad era un tipo oscuro, melancólico y sufrido. Ella lo sabía bien. No era más que un chico que se avergonzaba de confesar que no creía y que estaba lleno de dudas y de miedos. Y entonces se esforzaba por exaltar y elogiar. Puro entusiasmo fabricado. A veces se preguntaba si Vito no seguía representando ese papel de hombre fuerte sólo para sostenerla, porque se creía en la obligación de protegerla:

—Dice que soy débil, que carezco de fe, que no sé hacia dónde voy. Lo repite todo el tiempo. Parecería que él está en el mundo nada más que para salvarme.

Silvana volvió a servirse vino. Agata le preguntó cómo se habían conocido.

—Nada especial. Nos presentaron. Desde el comienzo,

desde la primera vez que hablamos, Vito adoptó una actitud de amabilidad hacia mí. La misma postura que sigue manteniendo hasta hoy, después de seis años. No sé cómo describirlo. Decidió ser amable conmigo.

—¿Amable? —preguntó Agata.

—Algo así.

No hubiese podido definirlo como amor, ni afecto, ni respeto, siguió diciendo Silvana. Tampoco se trataba sólo de una suma de consideraciones y atenciones y gestos generosos:

—Es más complejo.

Silvana movió ambas manos por encima de la mesa.

Amasaba el aire, en un intento de dar forma a lo que quería expresar:

—Es su vida siendo amable con mi vida.

Las manos de Silvana se aquietaron:

—Yo acepté.

Ése era el acuerdo que los unía. Amabilidad y aceptación de la amabilidad. En cuanto al resto, coincidían en pocas cosas. Por ejemplo, ella no soportaba a la gente con la que Vito simpatizaba, y viceversa. Así que no tenían amigos comunes. Cuando estaban juntos jamás había otras personas con ellos.

—¿Se entiende algo? —preguntó.

Agata no estaba segura de estar entendiendo. Lo que sí sabía era que esta versión de Vito no coincidía con la que Silvana le contó la tarde en que habían ido al Pozo. Y también era diferente de la del día en que habían visitado el Monumento a los 42. Se preguntó cómo sería Vito en realidad. La imagen que ahora trataba de armar en su cabeza estaba llena de contradicciones.

—Quiere conocerla —dijo Silvana.

—¿Quién?

—Vito.

—¿A mí?

—Le hablé de usted. Le conté lo que hacemos, lo que hablamos. Me pidió que la lleve a Coseno. Está invitada a almorzar. Quiere preguntarle cosas, quiere escucharla hablar.

Agata la miró con curiosidad.

—Dice que usted es la memoria —siguió Silvana.

—¿La memoria?

—Así habla Vito. Siempre dice cosas importantes. Dice que la memoria es todo. Le va a pedir que pose para él. Está pintando un gran cuadro, con tres figuras femeninas de diferentes edades. Le falta la cara de una. Dice que es su cara.

—No me conoce.

—No importa. Está seguro de que usted es la modelo que necesita.

—¿Yo modelo de un pintor? Me da vergüenza.

—Pensaba ir mañana. ¿Quiere venir?

—¿Y tengo que posar?

—Si quiere.

—Entonces primero tengo que ir a la peluquería —dijo Agata riendo.

Silvana levantó un brazo, apareció la mujer y le pidió un poco más de vino. Se volvió hacia Agata:

—¿Ya está lista para cantar?

27

Agata bajó a media mañana. En el hall del albergue se encontró con Rosina, y charlaron un rato. Rosina se quejó de que ese día andaba con el ánimo muy bajo. Cuando estaba así nadie la respetaba, todos la trataban mal.

—Hasta los animales me faltan el respeto.

Si estaba cruzando la plaza y veía venir volando una paloma a la altura de su cabeza, se tenía que agachar. Si no lo hacía, seguro que la paloma se la llevaba por delante. Mientras hablaba no dejaba de sonreír, pero se la adivinaba afligida.

Apareció Silvana, saludó, se disculpó por interrumpir, tomó a Agata de la mano y la llevó hacia la salida.

—Venga —dijo—, tengo una novedad.

Agata pensó que había venido a buscarla para cruzar a Coseno. Al llegar a la puerta se dio vuelta y vio que Rosina seguía en el mismo sitio, en la misma posición, mirando hacia adelante, como sí le costara reaccionar y aceptar la desaparición de su interlocutora. Regresó, le tocó el brazo y le dijo:

—Nos vemos más tarde.

Salieron. Silvana no habló de Coseno.

—Una amiga mía es profesora del hijo de la señora que vive en su casa —dijo—. Anoche me lo presentó y le conté la historia del tesoro.

Agata la miró sin entender.

—Le pedí permiso para que fuéramos a desenterrarlo —siguió Silvana.

—¿Qué dijo?

—Nos está esperando.

Silvana estaba excitada, como si acabase de descubrir el escondite de un tesoro de verdad. Era la primera vez que Agata la veía moverse con tanto entusiasmo. Llegaron al coche.

—¿Qué le parece? —dijo Silvana mientras arrancaba.

—No sé qué decir —contestó Agata.

Subieron por la calle de atrás, pasaron por el bar donde habían estado el primer día y bordearon la cancha de fútbol.

—Allá está, ése es Aldo —dijo Silvana.

Estaba parado en el borde del camino, apoyado en una pala. Miraba al frente, meditativo, en una postura poco natural, como si posara. Cuando frenaron se sobresaltó y caminó rápido hacia ellas. Agata tuvo la impresión de que las había visto llegar desde lejos, que aquel gesto de sorpresa había sido preparado de antemano y que el muchacho estaba actuando.

Las recibió con una sonrisa. Le tendió la mano a Agata:

—Aldo, a sus órdenes.

Era muy joven, tenía pelusa sobre los labios, se notaba que todavía no se afeitaba.

Allá al fondo, en el patio de la casa, apareció la mujer de la ventana, la madre del muchacho. Avanzó por el sendero de lajas caminando despacio y se detuvo a unos diez metros, los brazos cruzados sobre el pecho y el entrecejo fruncido. Agata y Silvana la saludaron. Ella no contestó. O, si lo hizo, no se oyó.

—A trabajar —dijo Aldo esgrimiendo la pala—. ¿Dónde es?

—En el rincón —dijo Agata.

—¿Acá?

—Justo ahí.

El sitio que Agata marcaba estaba en el ángulo formado

por el alambre tejido y el muro que separaban al terreno de la calle y de la propiedad aledaña. Se preguntó por qué su hijo habría elegido ese rincón, el más alejado de la casa, para enterrar su tesoro.

Ella y Silvana estaban paradas en la entrada, en la línea del portón, casi afuera del terreno. No necesitaban avanzar más para estar cerca de Aldo. De todos modos, aquella mujer, detenida en el sendero, mirándolas, era como una valla. Había viento.

El muchacho despejó el lugar de yuyos secos y empezó a trabajar. Era tierra dura. Colocaba la pala vertical, elevándola por encima de la cabeza, y la clavaba soltándola con fuerza. A cada golpe, antes de tirar la tierra removida a un costado, miraba hacia las dos mujeres como si esperara aprobación. Después a Agata le pareció que, en realidad, la destinataria de las miradas era solamente Silvana.

El filo de la pala chocó contra algo duro y Agata sintió en los dientes el sonido del metal. Aldo rodeó el obstáculo con golpes breves y expertos, lo removió, se agachó y sacó una piedra ovalada, lisa y del tamaño de un zapato.

—Una piedra —dijo mostrándola.

La tiró a un costado.

—Tal vez sea una marca, ¿se acuerda si su hijo colocó una marca? —dijo Silvana.

—No me acuerdo.

Aldo se sacó la camisa y la colgó de la alambrada. Tenía lindo cuerpo, musculoso, y Agata tuvo la impresión de que se había desnudado para lucirse ante Silvana. Respiró hondo, inhalando despacio, los pectorales se le hincharon y se le marcaron los tendones del cuello. Soltó el aire de golpe, con un gran soplido, y volvió a tomar la pala. La madre permanecía en el mismo sitio, rígida y callada, con cara de desaprobación.

Aldo se arrodilló, escarbó, tironeó y se enderezó.

—Otra piedra.

La arrojó a un costado.

Después apareció una raíz. Era gruesa y rojiza y al atacarla la pala dejaba heridas muy blancas. Aldo cortó en un extremo, cortó en el otro, levantó el pedazo de raíz y lo mostró como un trofeo, igual que con las piedras. La madre miró alrededor, con actitud crítica, tal vez tratando de detectar el árbol al que estaban dañando con esa amputación.

—¿Cuántos años? —preguntó Aldo.

—Cuarenta.

Aldo se pasó una mano por la frente y como con rabia murmuró:

—Cuarenta, cuarenta.

Y se puso a trabajar con más vigor que antes. De tanto en tanto, sin interrumpirse, miraba a Silvana con ojos de fuego. Silvana, seria, se quitaba el pelo que el viento le echaba sobre la cara y mantenía la mirada fija en el pozo. La madre de Aldo se desplazó un par de metros y se apoyó contra el muro, siempre con los brazos cruzados. Durante un rato largo nadie habló. Pasaron dos o tres coches. Un grupo de colegialas llenó la calle y se perdió en dirección al pueblo. Las tres mujeres permanecían inmóviles, pendientes del trabajo. Bajo aquellas miradas, Aldo seguía con su demostración de fuerza.

Agata pensó en su hijo con la caja de lata, el día previo a la partida hacia América. Lo recordó con los pantalones cortos, bajo el nogal, esforzándose por cavar un hoyo profundo. Ahora veía a Aldo trabajar para rescatar lo que aquel chico había enterrado. Y sintió que frente a ella no había solamente un muchacho voluntarioso luciendo sus músculos y manejando la pala como un héroe la espada. Las dos figuras, una lejana, otra presente, se tocaban y se fundían. Y de esa unión se desprendía un mensaje que Agata todavía no lograba descifrar. Por su cabeza desfilaban ideas informes, que no se concretaban y que, así como aparecían, se eclipsaban. Le parecía que una voz había comenzado a hablarle desde esa confusión. Y esa voz le decía que ambos esfuerzos, el de antes y el de ahora, formaban parte de una misma tarea. Agata no lograba entender más, no podía ir más allá. Pero se abandonó a esa sugerencia, la aceptó, y al hacerlo se sintió en calma y, de algún modo, por un momento, recompensada. Si ese muchacho, su trabajo, eran una prolongación del trabajo de su hijo, si de alguna misteriosa manera se complementaban, entonces era como si la casa, o algo de la casa, no se hubiese perdido del todo.

Se le cruzó la idea de que las cosas se guardaban en la tierra para que perduraran. Pensó en Carla y en su jarrón roto enterrado en el jardín. Pensó en términos de semillas. El proceso de la semilla colocada en la tierra y que después de un tiempo busca la luz e instala un elemento nuevo en el mundo. Era como si su hijo hubiese plantado una semilla. Y ahora, después del letargo, después del largo túnel de silencio y oscuridad, viniera a manifestarse en esta reunión azarosa, en las expectativas dispares de estos cuatro testigos, empujados, convocados durante algunos minutos, alteradas las direcciones de sus vidas durante algunos minutos, por aquel gesto perdido en el fondo de los años y llegado hasta ellos en esta mañana de viento.

Aldo se detuvo. Volvió a pasarse la mano por la frente y a respirar hondo. Había dejado la pala en el pozo y eso marcaba la profundidad.

—¿Puede estar más abajo? —preguntó.

—No sé, no creo —dijo Agata.

—¿Nos habremos equivocado de lugar?

—Era justo ahí, en el rincón.

Aldo meditó. Miró a Silvana.

—Voy a ampliar el agujero —dijo con determinación.

La madre habló por primera vez:

—¿Más grande? ¿Más pozo?

Se desprendió del muro, dio unos pasos hacia adelante y se detuvo. Aldo se sopló las palmas de las manos y reanudó la tarea. Ahora, en la tierra removida aparecieron algunas láminas de metal oxidado que se deshacían al tocarlas. Pero nada más.

—¿Qué había en la caja? —preguntó Aldo.

—Soldaditos, autitos, juguetes —dijo Agata.

Aldo atacó de nuevo, resoplando y murmurando:

—Soldaditos, autitos, juguetes.

A cada palabra correspondía una furibunda palada de tierra. Fue aumentando el ritmo. Se detuvo de golpe, jadeante, rojo, mojado de sudor, y soltó la pala que cayó al piso.

—Nada —dijo.

Se lo veía tan contrariado y afligido que Agata y Silvana tardaron en hablarle.

—Pasó demasiado tiempo —dijo Agata.

—Por lo menos pudimos intentarlo —dijo Silvana.

Estuvieron así, indecisas, como si, antes de marcharse, necesitaran encontrar con qué compensar la desolación de Aldo. Se fueron retirando hacia el coche y Aldo las acompañó. Al despedirse, Silvana le acarició el brazo con la punta de los dedos y luego se lo apretó.

—Qué músculos —dijo.

Subieron al coche.

—Cualquier cosa que necesiten, acá estoy —dijo Aldo.

Arrancaron. Agata se dio vuelta, vio que Aldo se había quedado parado en la mitad del camino, sacó la mano por la ventanilla y la agitó hasta que doblaron y se desviaron hacia la calle ancha.

—¿Desilusionada? —preguntó Silvana.

Ágata contestó con un movimiento de cabeza que no afirmaba ni negaba. Pero no estaba desilusionada. Lo que se llevaba de aquel intento la hacía sentir bien. Veía a cuatro figuras en el viento, en la luz, con las montañas alrededor, como personajes de un cuadro fijados en el momento culminante de una ceremonia. Seguía pensando en su hijo. Tenía la sensación de haber asistido a un pequeño milagro.

28

Cuando Silvana se fue y Agata quedó sola, subió a su habitación y volvió a bajar minutos después. Salió a la calle y se dirigió hacia el lago. Se esforzaba por apurar el paso, como si estuviese llegando tarde a una cita. En realidad no iba a ninguna parte. Se movía hacia adelante impulsada por la excitación que le habían provocado los acontecimientos del día. Cuando desembocó en la costanera dudó y después se dirigió al bar del embarcadero viejo. Había un grupo de ancianos jugando a las cartas y en otra mesa tres mujeres tomando café. Agata fue a sentarse lejos de la gente, en el extremo del local que se proyectaba sobre el lago. Desde ahí tenía la mejor vista. Fue percibiendo cómo menguaba la claridad en el cielo. Aunque todavía no era de noche las montañas de enfrente se habían puesto negras y, abajo, una línea de luces marcaba la costa al nivel del agua. Un transbordador entró a puerto, otro partió hacia Coseno, ambos muy iluminados, y a Agata le volvió la imagen de árboles de Navidad en movimiento. Después oscureció más y sólo quedó una franja rojiza sobre las cimas, a su derecha, y unos minutos más tarde también esa mancha de color desapareció. Entonces todo fue negrura sobre el lago y faroles quietos en la orilla. Agata pensó que cada noche era el mismo espectáculo y también que siempre era diferente. Rodeada por el silencio y la grandiosidad de la hora, comenzó a sentir que estaba dentro de un sueño, que había sido trasladada y depositada ahí a través de un sueño. Se encontraba sola en alguna parte del mundo, en un sitio que hacía mucho tiempo había sido su sitio. Desde su lugar de observadora, desde la silla del bar de un viejo embarcadero, le estaba permitido disfrutar de esa visión, mirar sin intervenir, espiar. Era una espectadora en la butaca de un cine, en la oscuridad de una sala, dejando que allá adelante, alrededor, decidieran por ella. Se abandonaba. Esta sensación de irresponsabilidad y al mismo tiempo de protección la calmaban.

Entonces Agata sintió la necesidad de escribir una carta. No una de las tantas, no un informe más o menos detallado de lo que había visto y le había sucedido. Quería contarle a alguien que estuviera lejos lo que vivía en ese momento. Quería contar sobre ese anochecer. Le parecía que en esa hora estaban comprendidas todas las horas de esos días. Quería fijar ese remanso, para que otros se enteraran, para que no se perdiera, para que no se diluyera con el pasar del tiempo. Abrió la cartera, sacó el bloc de papel vía aérea, la lapicera, y se colocó los anteojos. Buscó en su cabeza el nombre, la cara, la imagen que despertara en ella el estímulo para arrancar. Sentía que sin ese aliciente la tarea no hubiese sido posible. Estaba frente al papel en blanco y un destinatario ideal y confuso, en cuya figura se fundían las caras de su hijo, su hija y sus nietos. Decidió dejar la carta sin encabezar. Aun así, cuando intentó escribir las primeras palabras, se encontró con una vieja dificultad: vencer la resistencia al pudor que siempre la frenaba ante la posibilidad de confesarse. La impersonalidad del destinatario —que fueran todos y no uno— la ayudó a empezar. Anotó una frase, con cuidado, lenta. Otra frase. Se detuvo. Siguió hasta el final de la página. Volvió a detenerse. Superado el pudor, fue descubriendo que la tarea no era sencilla. Las palabras no le alcanzaban. Se quedó un rato largo mordiendo la lapicera. Después de la fiebre inicial, después de todo lo que había pretendido decir, sentía que las ideas se habían alejado, perdían claridad. Las palabras no bastaban para retenerlas.

La asaltó una sensación de impotencia. Buscó ayuda en lo que la rodeaba. Otro transbordador se acercaba con su carga de luces. Disminuyó la marcha, inició una curva, se colocó paralelo a la costa y atracó. Agata comenzó a anotar lo que veía. Levantaba la cabeza, miraba y escribía. Trataba de ser prolija y completa en la descripción. Registró detalles del embarcadero, del bar, la fuga de luces en la avenida que subía hacia el puente sobre el San Giorgio, el espinazo negro de las montañas de enfrente. Ahora se apuraba, se esforzaba por no detenerse, por no distraerse, como si estuviera metida en una competencia y necesitase concentración para no perder de vista la meta. Llenó la segunda hoja, la tercera, la cuarta. Las iba numerando. Se detuvo cuando completó la sexta. Respiró hondo y descansó.

Leyó lo que había escrito y de nuevo se sintió decepcionada. Había registrado muchas cosas, las había nombrado, pero sentía que lo esencial había quedado fuera. Alrededor de ella estaba la noche y el mundo. Dentro de ella, el impacto de las imágenes de ese mundo. Y en el papel sus pobres palabras que no transmitían nada. Agata guardó el bloc, la lapicera y los anteojos. Llamó al mozo, pagó y una vez más remontó la cuesta que llevaba al albergue.

29

[redacted]

Silvana reclinó la cabeza sobre el hombro derecho —un gesto infantil que Agata le había visto varias veces y que ahora asociaba con una manifestación de complicidad y afecto— y dijo:

—¿Hoy adónde quiere que vayamos?

Agata abrió los brazos, dudó.

—¿Conoce Torcona? —preguntó Silvana.

—No.

—Hay un castillo. Salimos ahora y volvemos a la noche. Es un lindo viaje.

—Está bien. Yo me dejo llevar. Para mí todo es nuevo.

—¿Qué conoce de Italia?

—Casi nada. El puerto de Génova, cuando me fui. Roma, ahora. Nunca había salido de acá. Sólo para ir al pueblo donde vivían mis suegros, en el Veneto. Cuando me casé fuimos a visitarlos y después pensábamos ir a Venecia. Ése iba a ser nuestro viaje de bodas. Pero mi suegro no paraba de organizar comidas en nuestro honor y para los gastos nos pedía plata a nosotros, porque siempre andaba sin un centavo. Así que pasaron los días, se nos acabó el tiempo y también la plata, y tuvimos que volver sin ir a Venecia. Después nunca más pudimos hacer aquel viaje.

—¿Cuánto más se quedará en Italia?

—No mucho más. Se me van acabando los días.

—¿Piensa quedarse todo el tiempo en Tarni?

—¿Adónde podría ir?

—A Venecia.

Agata sonrió.

—¿Le gustaría? —preguntó Silvana.

Agata volvió a sonreír:

—Claro que me gustaría.

—Entonces vamos. Yo la invito. Así hará su viaje de bodas.

—Un poco tarde.

—Venecia no cambia, pueden pasar cien años, siempre está igual.

Agata se quedó pensando, disfrutando de la idea y la posibilidad.

—Después la llevo hasta Roma —insistió Silvana.

Agata pensó un poco más.

—Tendría que organizarme —dijo por fin.

—¿Organizar qué? Sólo tenemos que decidir el día.

Torcona no era cerca. Comenzaron a ver la ciudad bastante antes de llegar, sobre la cima de un cerro, apareciendo y desapareciendo con las curvas del camino: un grupo de construcciones grises, apretadas como un puño contra el cielo, rodeadas por una muralla almenada. Tuvieron que subir durante un buen rato. Dejaron el coche en un espacio plano. Cruzaron la muralla por una puerta antigua, madera y hierros y cadenas, de una altura y un espesor que a Agata la impresionaron. Después siguieron trepando por calles angostas y empinadas, todo piedra, peldaños y corredores que se abrían a derecha e izquierda: la ciudad entera parecía una fortaleza. Las callejuelas giraban y giraban y siempre desembocaban frente al cielo.

De vez en cuando se cruzaban con alguna pareja, con algún grupito. Se notaba que eran turistas, llevaban cámaras fotográficas. Casi no se veían lugareños: una mujer sacudiendo ropa en un balcón, un viejo que había sacado una silla a la puerta de calle, otro que trepaba, muy lento, ayudándose con un bastón, por la rampa que llevaba a una iglesia.

Visitaron esa iglesia, después otra, y otra más donde, alto frente al altar, en un sarcófago de tapa transparente, estaba el cuerpo incorrupto de un santo. Finalmente fueron al castillo, imponente y sombrío, con ventanas que daban al precipicio. Producía vértigo asomarse. Apareció una mujer que las fue guiando y haciendo un poco de historia. Estuvieron un tiempo largo recorriendo salas y pasillos, deteniéndose en las vitrinas, frente a las pinturas, los muebles, las estatuas, las armas y las armaduras. Era interesante oír a la mujer hablar de los personajes retratados, de costumbres, ropas, comidas, utensilios domésticos, juguetes, con la misma familiaridad con que hubiese contado de su propia casa y de parientes suyos.

Cuando salieron Silvana dijo:

—Tengo hambre.

Se sentaron en un barcito que no tenía más de seis mesas, con una terraza sobre un huerto en declive. Hacia abajo seguían las laderas con viñedos y después, en el valle, los rectángulos de campos, atravesados por la línea oscura de una ruta y los coches corriendo como hormigas. Del otro lado del valle una ondulación de colinas se esfumaba en la neblina plateada.

—¿Le gusta? —preguntó Silvana.

Se oyeron las campanas de una iglesia y sólo entonces Agata se dio cuenta del gran silencio que las rodeaba. Estaban muy alto y el aire era dulce.

Eran las únicas clientas. Comieron pizza. Después tomaron café. Salieron, bajaron hasta la muralla, la recorrieron durante un tramo y volvieron a subir. Había mujeres sentadas en los umbrales. De vez en cuando, nuevamente las campanas. Se detuvieron a leer una placa de mármol en un muro. Decía: "Quien transite esta calle solitaria debe saber que por aquí caminaba el místico cristiano Piero Ansaldi. Jamás el pensamiento humano estuvo tan cerca de Dios".

La calle daba a un puentecito de piedra, sobre un cauce seco que bajaba entre las casas. Pasado el puente desembocaron en una plazoleta que se llamaba Giordano Bruno. Había una construcción sólida y gris, planta baja y primer piso, con un cartel que anunciaba una exposición de instrumentos de tortura. Agata se detuvo:

—¿Entramos?

—¿Seguro que quiere ver esto?

—Sí.

Adentro, el edificio no difería de lo que había sugerido su aspecto exterior. Grandes salas en penumbras, paredes de piedra, ventanales enrejados. Y los instrumentos. Apenas cruzaron la puerta, en Agata hubo una señal de alerta. Lo que habían visitado hasta ese momento, el castillo, las iglesias, inclusive las casas y las calles, las había mirado, también ella, con la curiosidad y el desapego de una turista. Pero ahí adentro le resultaba imposible mantener la misma distancia. Había leído alguna vez sobre esos instrumentos, había visto grabados, pinturas, fotos. Enfrentarlos era otra cosa. Estaban ahí, a centímetros de distancia, no como cosas del pasado, sino instalados en el presente, con una permanencia grosera y maligna, con su poder intacto, listos para ser usados. Eran rústicos instrumentos pensados para el sufrimiento. Hierro y madera y soga. Los mismos materiales con que se habían fabricado carros, molinos, arados y tantas cosas. Las mismas manos. Tal vez fuese esa evidencia lo que primero impactaba al acercarse: comprobar los rastros de la mano del hombre en la elaboración de aquellos objetos macabros. Huellas dejadas por el cuerpo que había trabajado y sudado para el dolor de otros cuerpos. Se podía ver el golpe impreciso del hacha en la madera o la marca del martillazo que había cerrado un anillo de hierro. Palos emparejados, hierros trabajados, afilados. Marcas que habían sido hechas por manos como las de uno. Agata podía tocar esas marcas.

Andar por aquellas salas, subir aquellas escaleras, era

como un mal sueño. Junto a cada instrumento, un texto adherido a una tabla explicaba los diferentes usos. Para mejor comprensión, algunos grabados ilustraban los textos. Agata leía y volvía a mirar los instrumentos. Había una larga serie de toscas tenazas y pinzas que, según el formato, se aplicaban para arrancar uñas, pezones, órganos genitales masculinos o trozos de carne de otras partes del cuerpo. Una, que constaba de cuatro puntas, estaba especialmente pensada para los pechos de mujer. Se llamaba el *destrozasenos*. Generalmente, explicaba el texto, eran calentadas al rojo vivo.

Había *bancos de estiramiento*. La víctima era acostada con los tobillos fijados por dos anillos y las muñecas atadas a un eje. El eje, al girar, iba produciendo un lento desgarramiento de las articulaciones y los músculos, logrando un estiramiento que podía llegar a los treinta centímetros. Bajo el cuerpo del condenado unos rodillos giratorios con puntas metálicas complementaban la tortura.

Estaba *el caballete*, reservado para las sospechosas de brujería. La condenada era colocada boca arriba, sobre una tabla filosa cruzada bajo su espalda a la altura de la cintura, de manera que esa parte de su cuerpo quedaba bastante más elevada que la cabeza y los pies. Se le introducía un embudo en la boca y se la obligaba a ingerir gran cantidad de agua. Después los verdugos comenzaban a saltar sobre su vientre para producir la expulsión del líquido. Repetían el procedimiento hasta que las rupturas de vasos internos y las hemorragias acababan con la vida y el suplicio.

Estaba *la parrilla*, con forma de cama, sobre la cual eran atados los herejes. Se colocaba un brasero debajo y, cuando las carnes comenzaban a abrirse y aparecían los huesos, el cuerpo era desmembrado con largas pinzas.

Había unos sofisticados instrumentos que recibían el nombre de *pera oral, rectal* y *vaginal*. Luego de su introducción, un mecanismo a rosca los iba abriendo en tres pétalos de puntas cortantes que servían para reventar el fondo de la garganta, del recto o del interior de la vagina. La pera vaginal era reservada a las mujeres acusadas de haber tenido relaciones sexuales con Satanás o con alguno de sus adeptos.

Estaba *la horquilla del herético*, cuyas puntas eran clavadas profundamente en la carne, las superiores bajo el mentón, las inferiores en el esternón, impidiendo todo movimiento de la cabeza. La víctima, mientras esperaba la hora o el día de ser llevada a la hoguera, era obligada a repetir continuamente la palabra *abjuro*.

Estaba *la mordaza metálica*: con este instrumento se evitaba que los gritos de los condenados al fuego, mientras ardían, molestasen a los espectadores y la ejecución de la música sacra que acompañaba esas ceremonias.

Estaba *la rueda*, colocada sobre la punta de un palo, a la que se ataba al condenado después de haberle quebrado los huesos con una maza, aunque evitando las heridas mortales, para que el suplicio se prolongase lo más posible.

Estaban *el garrote vil, la jaula, el caballete español, la sierra*. Había mucho para ver en aquel caserón gris.

Recorrieron la planta baja, la planta alta, después salieron a la calle y respiraron otra vez el aire dulce del otoño. Cruzaron el puentecito sobre el cauce seco y volvieron a pasar bajo aquella placa en la pared, con la reflexión sobre el pensamiento humano y su posibilidad de acercamiento a Dios. Subieron durante un trecho y fueron a sentarse en la escalinata de una iglesia. La luz decaía rápido. Se quedaron ahí, descansando.

Silvana habló:

—Conocí a una muchacha argentina, hace unos cuantos años, cuando estaba estudiando en Milán. Se llamaba Marta, trabajaba de camarera en un restaurante. Se había escapado de la Argentina. Me contó cosas de allá.

Calló y volvió a hablar:

—También me contó una historia de cuando era chica. ¿Quiere escucharla?

—Sí —dijo Agata.

Marta tenía una hermana melliza, Susana. Cuando eran chicas, los padres las llevaban a veranear al mar. Marta recordaba esos años como una época feliz. Las mellizas siempre se perdían en aquella playa llena de gente. No había día en que no se perdieran. Los turistas ya las conocían, se avisaban unos a otros: "Otra vez se perdieron las mellizas". Encontraban a una: "¿Vos cuál sos?". Se pasaban la voz de grupo en grupo: "Encontramos a Susana, hay que buscar a Marta". Así cada día. La gente se acostumbraba y aquello se convertía en un juego. Para las dos nenas era un placer perderse. Si a veces se asustaban, si había pánico, eran recompensadas en el momento del regreso a la seguridad de los padres. Las amenazas de castigos no importaban. A tal punto que al principio se perdían realmente y después se escapaban lejos a propósito. Hasta llegaron a mentirle a la gente con respecto a sus propios nombres, se hacían pasar una por otra. Esto le añadía un sabor nuevo a la sensación de extravío y de aventura. Podían arriesgarse y ponerse a prueba porque sabían que al final siempre las encontraban. La vida era eso: el miedo, la excitación, la protección.

En el bar de Milán, mientras le contaba esa historia a Silvana, Marta reflexionaba que entonces nadie hubiese podido sospechar que aquellos sobresaltos iniciales se repetirían un día, que aquel juego era un preámbulo, un ensayo, el anticipo de extravíos futuros, de pérdidas reales, que después vendría el final de todo juego y toda protección. Pasó el tiempo, las nenas se convirtieron en mujeres y, como muchos otros, tuvieron que huir del país y se fueron lejos. Se perdieron por el mundo y ya no hubo quien las reencontrara ni las llamara por sus nombres y las llevara de vuelta a un lugar de seguridad. Se habían extraviado para siempre. Lo curioso, lo atroz, había dicho Marta esa noche de Milán, era que aquel mar mítico, aquella playa mítica de la niñez, era el sitio donde veraneaban los que mandaban en su tierra, los señores del poder, los dueños de la vida y de la muerte. Marta sentía que no sólo la habían despojado de su país sino también de su infancia.

—Me acuerdo del nombre de la playa: Chapadmalal —dijo Silvana—. Es un nombre difícil. Será por eso que nunca me lo olvido.

Agata no dijo nada. Pensaba en la historia que acababa de escuchar y en muchas otras. Pensaba en su propia historia. Recordó una vez más el barco sobre el que había leído en Roma. El mundo estaba lleno de gente que había perdido su lugar.

Se habían encendido los faroles. No había gente alrededor y las callejuelas que partían desde la plaza eran como agujeros en los muros. Algo emergió de la sombra. Un jorobado. Un jorobado enano. Los brazos le colgaban largos a los costados. Tanto que las manos parecían rozar o arrastrarse por el suelo. Avanzó unos pasos hacia el centro de la plazoleta en declive. Se detuvo y se quedó ahí, como exponiéndose.

Entonces Agata tuvo la sensación de haber dejado su mundo para ingresar en otro, donde aquella casa gris y sus instrumentos de tortura volvían a tener vigencia. Fue como si los fantasmas que momentos antes habían asaltado su imaginación vinieran a manifestarse a través de aquella imagen deforme, para comunicarle que no habían pasado, que ahí estaban, siempre presentes, siempre activos. Y a través de ella dijeran: "Nada ha cambiado, nada cambiará". Llegada a través del tiempo, quieta en la plaza de piedra, aquella imagen del jorobado era como la visita de una amenaza.

Silvana estaba sentada de espaldas al centro de la plaza. Percibió la tensión de Agata y preguntó:

—¿Qué está viendo?

Giró la cabeza y también ella se quedó mirando. El jorobado siguió ahí unos minutos más, una figura oscura e inmóvil en aquel paisaje medieval. Después se escurrió bajo una de las arcadas y se sumergió en la noche. Entonces la plaza estuvo más vacía que antes, nuevamente tocaron las campanas y Silvana levantó el brazo para mirar la hora a la luz del farol.

30

Silvana la llevó a ver uno de los trabajos que estaba realizando, en una casa sobre la costa, a media hora de automóvil. Había una mujer colgando cortinas y un carpintero lustrando un mueble. Silvana dio indicaciones a ambos, guió a Agata a través de las habitaciones y le explicó la idea de la decoración. Cuando regresaron a Tarni fueron a sentarse otra vez bajo la glorieta, en el patio del bar donde habían encontrado a Dino, el hombre del criadero de pollos. Silvana volvió a pedir la jarrita de vino y los bizcochos dulces. En la entrada frenó un coche y una voz de mujer la llamó. Era la dueña de la panadería. Bajó, cruzó el patio y vino a sentarse con ellas. También el marido se acercó. Permaneció parado detrás de la esposa y le colocó una mano en el hombro.

—Llegó el momento —dijo ella.

—Se terminaron los trámites y llegó el momento —dijo él.

—Nos vamos a México.

—La semana que viene.

—Hay una gran sorpresa.

—No es un chico. Son dos.

—Dos hermanitos. No quieren separarlos, así que los traeremos a ambos.

—Joaquín y Lázaro.

—Cinco y seis años.

—Partiremos dos y regresaremos cuatro.

Hablaban por turno, a borbotones, como si les faltara aire. Hubiese sido difícil decir si estaban excitados o desolados. Sobre todo la mujer, que se esforzaba por sonreír y miraba al frente con aspecto de alucinada.

—Desde que me enteré no puedo dormir —dijo—. Tomo sedantes.

Tenía un sobre en la mano:

—Nos llegaron fotos.

Las mostró.

Agata miró las caras aindiadas de los chicos, las expresiones graves y los ojos oscuros y vivos, y se los imaginó en el momento en que abandonaran el mundo que conocían y subieran a un avión con dos extraños, para ser trasplantados a otro mundo del que no sabían ni entenderían nada. Y otra vez pensó en la gente sin lugar.

—Hicimos un curso rápido para aprender un poco de español —dijo la mujer.

En el sobre tenía también una libreta con algunas frases anotadas, aquellas que habían considerado imprescindibles para la primera comunicación con los chicos. Leyó con dificultad.

—¿Pronuncio bien? —le preguntó a Agata.

Esa mañana habían estado con una pareja que vivía cerca de Milán y que también había adoptado a un chico mexicano que se llamaba Agustín. Joaquín y Lázaro estaban en el mismo orfanato de donde habían traído a Agustín, en ciudad de México. El orfanato tenía capacidad para unos quinientos chicos. Los conservaban hasta que cumplían doce años. A esa edad salían de ahí e iban a la casa de algún pariente. Si nadie quería recibirlos o no tenían parientes, quedaban en la calle. Los panaderos habían ido a visitar a ese matrimonio para que les diera consejos, para que les contara. Habían visto a

Agustín, lo habían saludado. Era más grande que los suyos, tenía nueve años. Al principio la experiencia de aquella pareja había sido dura. Durante los tres primeros meses el chico no les dirigió la palabra. Lo anotaron en un colegio, era inteligente, aprendió el idioma rápido, se llevaba bien con sus compañeros, pero se negaba a hablar con los padres adoptivos. Después siguió una etapa en la que se dedicó a maltratarlos. Todo el tiempo eran agresiones.

—Hay que comprenderlos, pobrecitos. Esos chicos pasaron una niñez terrible, tienen detrás historias familiares que dan escalofríos —dijo el hombre.

—Quiero que vengas a ver el cuarto que les preparamos, los muebles que elegimos, los cuadros y los colores de las paredes —dijo la mujer—. Confío en tu buen gusto. Siempre pensamos que iba a ser uno. Ahora tuvimos que duplicar todo. Conseguí unas cortinas con motivos americanos.

Silvana prometió que les haría una visita al día siguiente.

—No tenemos mucho tiempo, volamos el miércoles, pero algunas cosas podemos modificar —siguió la mujer.

—Partiremos dos y volveremos cuatro —repitió el hombre.

La pareja se fue y, cuando quedaron solas, Silvana respiró hondo y dijo:

—Tendré que ir a verlos.

Aparecieron una mujer y un hombre jóvenes, traían mochilas, saludaron y ocuparon una de las mesas. Silvana los observó mientras se acomodaban.

—Alemanes —dijo.

Después sacó del bolsillo varias hojas dobladas, manuscritas. Separó una, le echó una ojeada rápida y la esgrimió.

—Yo también tengo novedades —dijo—. Noticias de Vito.

—¿Se fue de viaje?

—No. Está en Coseno. Esta mañana recibí un sobre con una carta y un cuento. También me mandó una caja con dos pulóveres.

—¿Un regalo?

—Pulóveres míos, usados. La mitad de mis cosas están allá.

—¿Por qué te los mandó?

—En la carta me dice que pensó que me harían falta.

—¿Cuándo lo viste por última vez?

—Anoche.

—¿Te hacían falta?

—No.

—¿Por qué tanto apuro?

—Vito es así. El paquete pasó por las manos de tres personas antes de llegar a las mías.

—¿Por qué tres personas?

—Porque se lo dio a alguien que no me conoce, para que se lo diera a alguien que me conoce más o menos, para que se lo diera a alguien que me conoce bien y que finalmente me lo entregó. Tres personas. Le gusta complicar las cosas.

—Ya veo.

—En realidad los pulóveres fueron un pretexto para mandarme esta historia.

—¿Qué es?

—Una historia de amor.

—¿Una de las que Vito escribe?

—Sí.

—¿Por qué no te mandó sólo la historia?

—Demasiado sencillo. ¿Quiere que se la lea? Después me dice qué opina.

—¿Yo?

—Me gustaría.

—¿Qué podría opinar yo?

31

Silvana mordió un bizcocho, tomó un sorbo de vino y leyó la historia que le había enviado Vito:

El Gato era un tipo taciturno. Le gustaba comer, tomarse algunas botellas en compañía y de cuando en cuando enredarse con alguna gatita ruidosa. Tenía aspecto hosco y corazón blando. Despertaba afecto en algunos y desconfianza en la mayoría. Había andado bastante por la vida como para saber que no hay nada que no se logre con un poco de voluntad. Pero se ahorraba el trabajo porque pocas cosas le interesaban realmente. Si alguna vez se encontraba ante la posibilidad de una empresa cualquiera, inmediatamente se imaginaba a sí mismo al cabo del triunfo y se veía mirando alrededor y diciéndose que nada había cambiado. Así que daba el esfuerzo por hecho y se limitaba a soñar. Era un vago por vocación. Cualquiera se podía dar cuenta.

Eso fue lo primero que detectó la Domadora al conocerlo. Era experta en su oficio, le gustó el desafío que significaba el enfrentamiento con el Gato y se preparó para el combate. Por su parte, el Gato, cuando la vio aparecer, hermosa, altiva, látigo en mano (así la vio o la imaginó), sintió que se le renovaba la sangre.

De inmediato se dedicaron a la lenta y firme tarea de destrozarse mutuamente. Fue una relación turbulenta. Hubo violen-

cias y ternuras sin cuartel. Se amaron y se golpearon cuanto quisieron y pudieron. Rodaron y se levantaron, se humillaron, cualquier sitio era bueno. Y cada vez sacaron a relucir alguna nueva arma escondida, cada vez hirieron con más precisión y destreza. Así que pronto creyeron advertir que no podrían prescindir el uno del otro. Se convencieron de que en el mundo no había nada mejor que ese Gato para esa Domadora, ni nada mejor que esa Domadora para ese Gato.

Pero el amor sólo podía durar mientras ella se esmerase en su oficio de domar y él se mantuviese indomable. Y llegó un momento en que el Gato, por descuido, por exceso de confianza, comenzó a andar lento de reflejos. Sin advertirlo, fue aceptando algunas proposiciones, cedió terreno, bajó la guardia. Y poco a poco se encontró tratando de adaptarse a una vida que no le pertenecía. Se fue convirtiendo en algo así como una buena persona, se preocupó, trabajó, se levantó con horarios. Por supuesto que tampoco eso lo hacía bien.

Aparentemente había sido domado. Pero la derrota de uno significaba sin remedio la derrota del otro. Y la Domadora también cayó. De pronto hubo algo demencial en su aspecto y en sus actitudes. Su destreza en domar, que había sido un arte, derivó en vicios y caprichos. Siguió esgrimiendo el látigo, pero ya no con el gesto altivo y la exuberancia de la juventud. Los chasquidos ya no produjeron dolor ni placer, ya no eran golpes de vida avasallante y desprejuiciada, sino los reflejos del desgaste y la duda.

El Gato comprendió que parte de ese desconcierto se debía al hecho de que la Domadora ya no tenía ante ella al ser libre y sin destino que él había sido, al rival digno, capaz de asumir, de esquivar, de devolver. Pero fundamentalmente supo que durante todos esos años, para él, la Domadora había sido una diosa. Y que la había aceptado como se acepta a los dioses, así sean arbitrarios, caprichosos, egoístas. Y que esa última visión la despojaba de toda divinidad.

Ése fue el descubrimiento más penoso. El Gato sintió que una mano de hierro le arrancaba el estómago. Trepó al techo de la casa y pasó la noche ahí, privado de tibieza, de amistad. Esperó el amanecer, aspiró la humedad y la boca se le inundó de un gusto amargo y antiguo. Entonces fue soltando lentamente un maullido grave y prolongado, que no era un grito de guerra, ni un alarde de fuerza, sino apenas la primitiva y espontánea manifestación de su orgullo. Sacudió una y otra vez el aire con su quejido, después se echó, cansado, solo, él y el cielo y la nostalgia y el rigor.

32

Silvana terminó de leer en voz alta, dejó las hojas sobre la mesa y les colocó el vaso encima para que no se volaran.

—Ahora me gustaría oír su opinión —dijo.

Agata sonrió y repitió:

—¿Qué puedo opinar yo?

—Dígame lo que le pareció.

—No sé.

—¿Qué le dice la historia?

Agata se movió en la silla, turbada y divertida:

—¿Tengo que contestar?

—Sí.

—¿Es un examen?

—Sí, es un examen.

Silvana se cruzó de brazos y se quedó esperando, con la actitud de una maestra frente a una alumna. Agata rió. Después se puso seria:

—Me parece que es una historia triste. Triste y un poco trágica.

—¿Qué más?

Agata pensó.

—¿Son ustedes dos? —preguntó.

—Podría ser.

—Si es así, me da la impresión de que él no te ve como una persona frágil.

Silvana consideró la observación y movió la cabeza hacia un lado y hacia el otro un par de veces.

—Depende —dijo—. Según usted, ¿cuál de los dos personajes sería yo?

Agata la miró sorprendida, porque la respuesta le parecía obvia. Silvana se levantó y antes de alejarse en dirección a la mesa de los alemanes, dijo:

—Podría ser que para Vito yo sea el Gato.

Conversó unos minutos con la pareja y después le pidió prestado un largavista que asomaba de uno de los bolsillos de las mochilas. Se volvió hacia Agata y la llamó:

—Venga, quiero mostrarle algo.

Fueron hasta el extremo del patio. Desde ahí se veía el lago y Coseno.

—¿Ve aquel grupito de casas subiendo la loma? Ahí está la de Vito.

Le pasó el largavista. Agata miró a través de los lentes. Veía desfilar agua, cielo y montañas, pero no lograba descubrir el pueblo.

—Muévalo despacio —dijo Silvana.

Por fin aparecieron las construcciones.

—Ahí está —dijo Agata.

—¿Qué ve?

—El puerto.

—Suba un poquito, a la derecha, hay unas casas aisladas del resto. ¿Las ve?

—Creo que sí.

—La última, la que está más arriba. ¿La encontró?

—Me parece que sí.

—Ésa es la de Vito.

Silvana tomó el largavista y miró.

—A esta hora debería haber vuelto. ¿Qué estará haciendo? Mañana tengo que ver un cliente en Stresa, antes del mediodía. Si termino temprano, la paso a buscar y nos vamos a Coseno.

—Está bien —dijo Agata.

33

Silvana le dejó un mensaje en el albergue avisándole que no se desocuparía temprano y que, por lo tanto, postergarían el viaje a Coseno. Agata salió a media mañana y caminó sin dirección. Cruzó una vez más el último puente sobre el San Giovanni, siguió la costa del lago durante un trecho y descubrió una pequeña ensenada, con algunos botes de colores vivos, azules, verdes, rojos, a medias en el agua y a medias sobre la playa. Había fardos de ramas junto a los botes. Se veían las piedras del fondo y unos peces pardos moviéndose lentos. Un camino angosto subía alejándose de la orilla, entre balcones, techos de tejas y chimeneas. Agata decidió ver adónde conducía aquel camino. Arriba, pasado el grupo de casas apiñadas, seguían jardines y construcciones modernas. También ahí, en cada portón, se encontró con los carteles que había visto en todas partes. Aunque ahora descubrió uno diferente del resto. Junto a la cabeza de aspecto feroz y la leyenda acostumbrada, *"Cuidado con el perro"*, había otra que decía: *"Y también con el patrón"*. Debajo, una mano empuñando un revólver. En uno de los parques, entre los árboles altos y los canteros con flores, había tres chicos y Agata se detuvo a mirarlos. Atrás se veía una gran casa, una fuente con una estatua y cuatro chorros de agua rociándola. Los chicos tendrían entre siete y nueve años.

Corrían, se detenían, hablaban, volvían a correr. Parecían muy ansiosos, como a punto de iniciar o concretar una tarea importante. Estaban demasiado lejos para que Agata pudiera oír lo que decían. Uno tenía algo en la mano izquierda y lo mantenía apretado contra el pecho. Debía ser el líder del grupito porque gesticulaba con la mano libre e impartía órdenes. Los otros dos obedecían. Fueron hasta el fondo del parque, buscaron entre el pasto, contra un muro, y volvieron trayendo varios listones de madera de diferentes medidas. Los descargaron junto a un árbol y después deliberaron entre los tres, considerando las longitudes y los espesores. Todo lo hacían a gran velocidad y parecían cada vez más excitados. Los dos que obedecían salieron disparados de nuevo y desaparecieron en el interior de la casa. El de la mano en el pecho quedó solo y con el pie fue empujando las maderas, después se agachó y separó algunas. Los otros regresaron, siempre corriendo, siempre muy acelerados. Traían una caja metálica, que no era de grandes dimensiones, pero que parecía pesada y que transportaban entre los dos. Depositaron la caja junto a las maderas, la abrieron y extrajeron algunas herramientas: martillo, tenazas, serrucho. Hubo nuevas deliberaciones, por fin levantaron una de las tablas y la pararon contra el árbol. La tabla era más alta que ellos. La miraron, se miraron, parecieron decirse que sí, que estaba bien, que era la adecuada, y mientras uno la sostenía otro empezó a clavarla en el tronco. Un clavo, dos, tres, cuatro, cinco clavos. Comprobaron que había quedado bien sólida. Después tomaron del suelo una tabla más corta, medio metro de largo, no más. Se produjo un instante de desconcierto, porque al parecer el paso siguiente era unir la tabla corta a la parte superior de la tabla larga y, por más que se estiraran, no llegaban arriba. Uno corrió hacia la casa, regresó trayendo una silla y la colocó junto al árbol. El encargado de manejar el martillo y los clavos subió y apoyó un extremo de la tabla corta sobre la punta de la tabla larga, formando un ángulo recto. El otro, apuntalándola con un palo, se la mantuvo en esa posición. El líder seguía con la mano contra el pecho y dando indicaciones. El de arriba colocó varios clavos. Después de hundir el último comprobó la firmeza de la unión y los otros aprobaron. El tercero corrió otra vez hacia la casa y ahora regresó con un pedazo de cordel fino y se lo alcanzó al que estaba sobre la silla. Éste trabajó con el cordel y después lo ató al extremo de la tabla horizontal. El cordel quedó colgando y en su parte inferior había un lazo. Los tres, por turno, tironeando, verificaron la solidez de la pequeña horca que acababan de fabricar. El de la mano izquierda ocupada la acercó al lazo y manipuló, mientras los otros lo ayudaban. Entonces Agata pudo ver lo que había mantenido hasta ese momento en el puño: un pájaro. Después de asegurarse de que el lazo estuviera bien ceñido al cuello, lo soltaron. El pájaro cayó como un peso muerto y quedó colgado. Después aleteó, se elevó, se le acabó el cordel, cayó y quedó colgado de nuevo. Lo intentó una vez, lo intentó dos y varias más. Hasta que se le acabaron las fuerzas y se rindió.

Agata siguió camino, bajó en dirección al río y se detuvo al pasar delante de una capilla. En la explanada del frente había varios castaños y un banco de piedra. Agata fue a sentarse. A su alrededor, bajo la brisa suave, las hojas secas del piso tenían un movimiento de oleaje. Hubo un golpe de viento más fuerte, las hojas corrieron a lo largo de la pared lateral de la iglesia, se elevaron y algunas quedaron enganchadas en las ramas de los arbustos.

34

Agata siguió bajando hacia el San Giovanni y después de una curva se le aparecieron los techos, el campanario y la cúpula verde de la iglesia de Tarni. Cuando llegó a la barranca del río descubrió dos máquinas dragando y colocando grandes bloques de piedras para reforzar las márgenes. Un hombre con el torso desnudo manejaba un taladro. Se oían golpes de maza. Había una pareja de ancianos detenidos en la mitad del puente, mirando los trabajos. Agata giró en redondo y en la mañana limpia volvió a ver los cerros cubiertos de vegetación rojiza y, detrás, las montañas azules, y más atrás todavía, las cimas nevadas. Había un sauce cerca: ramas colgantes, quietas, hojas traspasadas por el sol y de un color tan tierno que hubiesen bastado para hacerla sentir bien. También ahí reconoció, rodeándola, señales y formas familiares. Pero, igual que otras veces, sintió que no eran las que había esperado encontrar. Nunca lo eran del todo. Las que habían crecido en su memoria, alimentadas por los largos años de ausencia, tenían una intensidad y una intimidad de las que éstas siempre carecían. Después de los días pasados recorriendo las calles y los alrededores de Tarni, subsistía entre ella y las cosas una barrera que le impedía acercarse, que la rechazaba, colocándola al borde, afuera, condenándola a una forma de soledad. El sol estaba en la mitad del cielo y Agata sintió que tanta claridad y tanto espacio comenzaban a marearla. Fue a colocarse junto al sauce y tocó una de las ramas. No quería alejarse de ese lugar. Quería seguir expuesta, quizá para que la claridad y el espacio la contagiaran, la aceptaran, y por fin volviese a haber comunicación entre ellos. Abajo el río serpenteaba en silencio entre las piedras. Hacia la desembocadura el cauce se convertía en una gran llamarada blanca que borraba todo el resto. Algo se movía allá adentro. Agata se colocó una mano a manera de visera, se esforzó por ver y por fin descubrió en aquel resplandor unas lavanderas inclinadas sobre el agua. No podía distinguirlas bien. Se oyó pensar: "Ya no hay lavanderas en los ríos". Pero ahí estaban, eran figuras de su tiempo perdido. Eran siluetas fulgurantes nacidas de la luz y al mismo tiempo ocultas en la luz. Ese carácter de cosas huidizas les confería sin embargo una realidad mayor de cuanto Agata había visto hasta ese momento. Lo que había venido a buscar vivía en el resplandor, sólo en el resplandor, hasta que el resplandor durara. Sintió que acababa de cruzar una puerta para entrar en un jardín encantado y que ahora ella también podía andar en ese resplandor. Le habían permitido el ingreso con la condición de que no tocara nada, de que no hablara, de que no intentara tomar una piedra ni arrancar una rama de arbusto para llevarse como testimonio de que había estado ahí. Si lo hacía, si transgredía, su presencia quedaría en evidencia y sería expulsada. ¿Qué historia era ésa? ¿Se la habían contado alguna vez? ¿Acababa de inventarla? ¿Era una historia que la había inquietado en su lejanísima niñez? No lo recordaba. Creyó que había levantado el brazo señalando las lavanderas y que sus labios se habían movido para gritarles a los dos ancianos del puente: "¿Las ven? ¿Las están viendo?". Pero su brazo no se había movido, no había gritado y no gritaría. Los dos ancianos estaban lejos, no podrían oírla, no le contestarían. Se dio cuenta de que el rumor de la maza y el taladro había cesado y abajo las máquinas estaban quietas. El sol se había movido en el cielo y sobre las montañas habían aparecido algunas nubes blancas. Agata sintió que había pasado mucho tiempo y que acababa de volver de un sueño. Le dolían los pies y buscó dónde sentarse.

35

Ahora, cuando miraba hacia la orilla de enfrente y veía las casas de Coseno y la línea de luces que marcaba el trazado del cablecarril, Agata pensaba en Vito. Con todo lo que Silvana le había contado le parecía que ya lo conocía. Aunque no le resultaba fácil imaginárselo. Cada vez que Silvana le hablaba de él, aparecía un Vito diferente. Nunca había aludido a su aspecto físico. ¿Cómo sería? ¿Alto, bajo? ¿Qué cara tendría? ¿Existiría Vito? Las postergaciones, lo que parecía una imposibilidad de ir a Coseno, agrandaban su presencia del otro lado del lago. Agata sentía curiosidad por verlo y escucharle la voz. También de estar con los dos juntos, observarlos, oírlos conversar, enterarse de cómo actuaban uno con el otro. Sentía que la historia de Vito y Silvana, lo poco que sabía de ellos, los conflictos que los ataban y los separaban, formaban parte de su aprendizaje ante este Tarni nuevo que había encontrado al volver.

Esa mañana, cuando Silvana vino a buscarla y le preguntó si tenía ganas de dar un paseo, Agata estuvo segura de que esta vez cruzarían el lago.

—Tratándose de paseos estoy siempre lista —dijo.

Pero no fueron al transbordador. Salieron del pueblo y corrieron bordeando la costa. Era otra vez un día luminoso y sin viento, y daba gusto dejarse llevar.

—¿Adónde vamos? —preguntó Agata.

—A Suiza. La invito a tomar un café en Suiza.

Dejaron atrás varios pueblos y también las ruinas del Castillo de los Bandidos, sobre un islote, cerca de la orilla. Agata recordó la historia que le contaban de chica: la muchacha raptada de un convento, apuñalada y arrojada al lago por su amante, el jefe de los bandidos. Se preguntó si Silvana la conocería y la comentó.

—La conozco, pero seguro que usted tiene una versión mejor —dijo Silvana—. Cuénteme.

Cruzaron el puesto de control de la frontera y unos kilómetros más adelante entraron en la primera localidad. Silvana dio vueltas buscando un sitio donde dejar el coche. Comentó que ahí no era como del otro lado, no se podía estacionar en cualquier parte. Tomaron el café al aire libre, bajo una sombrilla, cerca del agua. Había unas pocas personas caminando por la larga explanada, disfrutando del sol del mediodía. Muchas flores, patos y cisnes deslizándose entre las embarcaciones amarradas.

—Ahora voy a poder contar que estuve también en Suiza —dijo Agata.

—Es el mismo lago, el mismo aire, y sin embargo dicen que de este lado de la frontera es distinto. ¿Usted nota la diferencia?

Agata lo pensó, miró el cielo y el agua, aspiró.

—Para mí es igual.

Pasó una pareja con un chico. Ellos eran rubios, el chico moreno. Se sentaron cerca. Pidieron dos cafés y un refresco.

—¿Será adoptado? —dijo Agata.

—Es probable.

—¿Se adoptan muchos?

—Muchos. El matrimonio que le presenté ya debe estar en México.

—Cierto, ¿cómo les estará yendo?

—Los obligan a quedarse quince días antes de tomar el avión de regreso.

—Me da pena cuando pienso en esos chicos.

—Ayer hablamos con Vito de este tema —Silvana giró en la silla y miró la mesa vecina—. ¿Sabe lo que diría él si estuviese acá en este momento?

—¿Qué diría?

—Diría: "Ahí tienen a las buenas almas del Primer Mundo, mujeres de vientres estériles, hombres de genitales estériles, con su poder económico, su bienestar, casas grandes, jardines, perros, coches último modelo, robándose los hijos del mundo pobre para llenar el vacío de sus vidas". Así habla él, ya lo va a conocer.

—¿Cuándo lo voy a conocer? —dijo Agata sonriendo.

Silvana fue hasta un negocio, regresó con una caja de chocolates y se los regaló a Agata. Se sentó, sacó una agenda del bolsillo y la abrió en una página con almanaque.

—Tenemos que ir pensando en fijar fecha —dijo.

—¿Para qué? —preguntó Agata.

—Para el viaje a Venecia.

—¿Tan pronto? ¿Qué día es hoy?

Silvana se lo dijo. Agata se puso los anteojos y recorrió el almanaque.

—Me queda poco tiempo.

—¿Qué le parece si salimos este lunes? —dijo Silvana señalando con el dedo.

Agata se quedó pensando:

—¿Ya me tengo que ir?

—Usted decide. Pero si queremos aprovechar un par de días en Venecia no podemos pasar de esa fecha.

Agata miró el lago y sintió que las semanas habían pasado demasiado rápido. Allá lejos, sobre la superficie quieta, saltó un pez.

—Está bien —dijo resignada.

El hombre, la mujer y el chico moreno se levantaron.

Agata y Silvana los miraron alejarse hasta que se perdieron al fondo de la explanada.

—¿Volvemos a nuestro país? —dijo Silvana.

Fueron a buscar el coche y emprendieron el regreso. Ahora, mientras corrían por el camino de la costa, Agata sentía que ya había comenzado a despedirse.

—Urgente tenemos que hacerle la visita a Vito —dijo Silvana.

—¿Cuándo?

—En cualquier momento vamos.

Ya habían cruzado el puente del San Giorgio cuando un coche se les puso al lado y la mujer que conducía hizo señas de que pararan. Silvana bajó y hablaron brevemente. Cuando volvió se le había transformado la cara. Se sentó al volante y dijo:

—Al hijo de una amiga lo atropelló un coche.

Arrancó.

—Ella todavía no sabe nada. No la encuentran.

Subieron hacia Tersaso y se detuvieron frente a una casa. Las persianas estaban cerradas.

—No hay nadie. No llegó —dijo Silvana.

De todos modos bajó y tocó timbre. Cuando regresaron hacia Tarni se detuvieron en otras tres casas. Silvana intercambiaba un par de frases con la persona que abría la puerta, volvía al coche corriendo y partían con el acelerador a fondo. Pararon también en una confitería y en una florería. Cerca de la iglesia, Silvana desapareció en un portal y Agata quedó sola.

—Nadie sabe dónde está —dijo Silvana cuando volvió.

Fueron a la clínica. La mujer que les había avisado del accidente estaba parada en la escalinata de acceso.

—No la encuentro —dijo Silvana.

Nuevamente hablaron rápido. La mujer se sentó en un escalón y se tomó la cabeza con las manos.

Partieron y dieron varias vueltas por el pueblo. Agata se

había mantenido en silencio. Veía a Silvana tan alterada que no se animaba a preguntar. La espiaba de reojo, adivinaba la impaciencia, la impotencia, en los gestos bruscos y en la mirada. Era una Silvana que desconocía. Cuando le impedían el paso y se veía obligada a frenar, golpeaba el volante con una mano e insultaba con un hilo de voz ronca. Parecía que de golpe se hubiera quedado afónica.

—¿Dónde estará? —murmuraba.

Agata sólo se había enterado de que la madre del chico se llamaba Ada y de que el accidente había ocurrido a la salida del colegio.

—Vamos hasta la casa otra vez.

Subieron por otro camino. Igual que antes Silvana tocó timbre. Ya estaban por irse cuando dijo:

—Ahí viene.

Agata vio un coche que estacionaba del otro lado de la calle y a una mujer que saludaba a través de la ventanilla. La mujer bajó y del asiento trasero sacó un bolso con verduras.

—Qué sorpresa —dijo hablando de espaldas.

Después, cuando se dio vuelta, se quedó mirando la cara de Silvana, se puso seria y preguntó:

—¿Pasó algo?

Silvana no dijo nada. Fue a su encuentro, pero todavía no habló.

—¿Le pasó algo a Mauro?

Silvana se detuvo y asintió con un movimiento de cabeza.

—¿Está mal?

—Sí.

—¿Muy mal?

—Sí.

También Ada se había detenido:

—¿Está muerto?

—Sí.

Ada no hizo ningún gesto. Se quedó donde estaba. Sólo bajó la cabeza, con un movimiento seco, como si hubiera recibido un golpe en la nuca. Seguía con la bolsa de verduras colgada del brazo derecho. Agata la tenía de frente y veía la espalda de Silvana. Estaban detenidas a un par de metros una de otra. Silvana avanzó, estiró el brazo, la tocó en el hombro y se inclinó para tomar el bolso con la otra mano. Paró un coche. Bajaron un hombre y una mujer, se acercaron y hablaron en voz baja. Agata no pudo oír lo que decían. Ada y los recién llegados se fueron. Silvana volvió a sentarse junto a Agata y dijo:

—La llevo al albergue.

36

Agata estaba en la habitación, ordenando sus cosas. De tanto en tanto se asomaba al balconcito y echaba una mirada al jardín, al aljibe y a las montañas. Descubrió un pájaro detenido en el pasto y al gato agazapado que no se decidía a atacar. Agata golpeó las manos, el pájaro voló y el gato giró la cabeza hacia el balcón y la miró. Sonó el teléfono y le avisaron que la buscaban. En el hall estaba Silvana. Vino a su encuentro y la tomó de un brazo:

—Acompáñeme a dar una vuelta —dijo.

Antes de llegar a la puerta cambió de idea:

—Mejor sentémonos en el bar.

Bajaron los tres escalones y se ubicaron en una mesa del fondo, lejos del televisor. Sólo había cuatro muchachos recostados sobre un sillón, con las piernas estiradas e intercambiando codazos. Silvana tenía mal aspecto. Se notaba que no había dormido. La mirada extraviada y dura, como cargada de furia. Igual que durante las corridas en coche buscando a Ada, Agata sintió que estaba ante una Silvana que desconocía. Se acercó Nadia y preguntó qué tomaban.

—¿Café, capuchino, té? —preguntó Silvana.

—Por ahora nada —dijo Agata.

—Un café —pidió Silvana.

Pese a la dureza de los ojos, en su voz y en sus gestos había una extraña calma.

—¿La interrumpí? ¿Qué estaba haciendo? —preguntó.

—Ordenaba un poco la valija.

—Es un día frío.

Agata esperó que siguiera hablando, pero Silvana se puso a jugar con la llave del auto, pasándola de una mano a la otra.

—¿Ada? —preguntó Agata.

Silvana detuvo el movimiento de sus manos.

—Mal.

—¿Era el único hijo?

—El único.

Nadia trajo el café. Silvana echó el azúcar y, mientras revolvía, contó que con Ada habían sido buenas amigas, habían ido al mismo colegio. Después, cuando se casaron, cada una hizo su vida y se vieron poco. Pero de chicas y de adolescentes andaban siempre juntas. Le costaba convencerse de que acababa de acompañarla a enterrar a su hijo. Le parecía que ayer nomás todavía jugaban a las muñecas. Hablaba mirando el pecho de Agata, pero era como si no la viera. Hubo un silencio largo. Agata hubiese querido decir algo y no encontró qué. A través del ventanal que daba al jardín volvió a ver el gato que corría sobre un muro. Uno de los muchachos protestó porque le habían cambiado el canal del televisor.

Silvana salió de la inmovilidad y se sacudió, como si quisiera espantarse algo del cuerpo.

—No era sólo dolor —dijo como para sí misma.

Agata se quedó mirándola sin entender.

—¿Qué? —preguntó.

—Hablo de Ada.

Agata asintió.

—No era sólo dolor lo que sentía.

Silvana hizo una pausa y Agata esperó, pendiente de sus labios.

—Había otra cosa.

—¿Qué cosa?

—También había alivio.

Agata esperó de nuevo. Después dijo:

—¿Alivio de qué?

—De no tener un hijo creciendo en este mundo.

Ahora Agata no se animó a mirarla.

—¿Ella confesó eso? —preguntó.

—No.

—Es una deducción tuya.

—Sí.

Otra vez permanecieron en silencio. Por fin Agata dijo:

—Es un pensamiento horrible.

Silvana no dijo nada. Después, como si acabara de decidirlo, se levantó:

—Tengo que ir a Coseno.

Se despidió y se fue sin probar su café. Cruzó el hall con zancadas largas y lentas. Iba un poco doblada, como si cargara un peso sobre los hombros. La espalda de Silvana hablaba más que sus ojos y sus palabras. Agata la miró alejarse y pensó que estaba desesperada y también que necesitaba vengarse con alguien.

37

Cuando quedó sola, Agata miró sin ver la pantalla del televisor. Estaban pasando un programa cómico. La aparición, la confesión y la partida de Silvana la habían dejado en un estado de confusión. Se levantó para irse, pero volvió a sentarse. Se sentía apenada y desprotegida. No tenía ganas de salir a caminar, no quería subir a su habitación. Ni siquiera la posibilidad de visitar a Carla le trajo alivio. Pensó en sus hijos y en sus nietos. Tomó la cartera y sacó el bloc con la carta frustrada e inconclusa que había tratado de escribir para ellos en el bar del embarcadero. Recordó la desilusión que le había provocado. Pero en este momento era lo único que se los acercaba. Leyó desde el principio, buscando compañía en sus propias palabras.

Entonces pasó algo. Casi no reconocía su carta. Era su letra, pero estaba ante un texto nuevo, tenía la impresión de leer frases escritas por otra persona. A medida que avanzaba, fue descubriendo que en su carta había mucho más de lo que ella creía haber puesto. Tenía presente que aquel anochecer en el embarcadero, mientras se esforzaba por seguir escribiendo, sentía que lo esencial se le escapaba y quedaba fuera. Ahora veía que no era así. Nada había quedado fuera. Lo que entonces percibía como inasible había tomado forma. Lo que había intentado decir y luego había renunciado a decir estaba ahí. Era como si las palabras, fijadas sobre aquellas hojas de papel, hubiesen madurado y se hubiesen cargado de sentido con el correr de los días. Era como si tuviesen vida propia. Agata recorría su humilde prosa, ahora inesperadamente enriquecida, y se asombraba por la justeza de las imágenes, por lo que las palabras decían, por lo que sugerían. Leía y volvía a estar frente al lago y, en esta segunda mirada, en esta segunda visita, aquel anochecer, rescatado de la pobreza y el olvido, ocupaba el lugar que ella había deseado. Pensó que así, de la misma manera, otros leerían su carta y recibirían lo que ella acababa de encontrar. Se quedó mirando el aire, disfrutando de su descubrimiento.

Pasó Nadia y casi sin detenerse, inclinándose, dijo:

—Hoy lo llamé. Yo lo voy a cambiar. Voy a pelear para que cambie.

Agata levantó un poco la mano, en un gesto solidario. Se sintió hermanada con la muchacha del bar, tan llena de confusión y pasión y emociones nuevas. También ella, subiendo y bajando por esas calles, en algunos momentos se había sentido empujada por una inconsciencia juvenil. También a ella la alimentaban un desafío y una obsesión. Sus días eran como esa carta que había pretendido escribir: cargados de incógnitas y obstáculos a vencer. Pensó que para vencerlos quizá bastase con permanecer alerta y dispuesta, y dejar que el fluir de los acontecimientos la llevara. Y después todo se resolvería por sí mismo. Igual que la carta. Casi sin darse cuenta tomó la lapicera y a continuación de lo que estaba escrito anotó la fecha y una frase.

La que acudió primero, la más simple: "Estoy en el bar del albergue". Después vino otra y otra más. Y la segunda parte de la carta comenzó a deslizarse y a crecer. Agata se sentía segura. Ahora su mano y su cabeza trabajaban a la par, una empujaba a la otra y se complementaban como dos engranajes de un mecanismo bien sincronizado. Fue hacia atrás y recorrió los días, los encuentros y los desencuentros, los parientes, la gente. Y mientras recuperaba y anotaba, sentía que esa actividad —la escritura— era un vehículo a través del cual podría comenzar a explicarse algunas de las cosas que todavía le faltaban entender de esta etapa de su vida.

38

Por la mañana Agata agregó los saludos a la carta, la firmó, dobló las hojas planchándolas varias veces con el canto de la mano y cuando fue a meterlas en el sobre se dio cuenta de que necesitaba uno más grande. Con satisfacción pensó que nunca había escrito nada tan extenso en su vida.

Bajó, fue hasta una librería ubicada frente al colegio de monjas, pidió un sobre adecuado, probó si la carta entraba, escribió la dirección, pasó la lengua por el borde engomado y lo cerró. Dudó antes de colocar el remitente; podía usar la dirección de Carla o la del albergue. De todos modos, pensó, nadie contestaría. Anotó su nombre y abajo puso solamente: Tarni. De nuevo se sintió satisfecha.

El correo quedaba detrás de la iglesia, cruzando una plazoleta donde habían emplazado una gran escultura de mármol que Agata ya había visto al pasar y cuya forma, como de huevo cortado en tajadas, la intrigaba. Esta vez se detuvo y giró alrededor, mirando a través de los orificios que la atravesaban. La placa de bronce de la base decía: *Maternidad*. Agata cruzó la calle y se dio vuelta para echarle otra ojeada desde lejos. La distancia no le aclaró nada. Cuando llegó al correo se encontró con un policía parado en la puerta y dos hombres que sacaban muebles a la calle.

—¿Qué pasó? —preguntó Agata.

—Todo roto —dijo el policía con voz exageradamente alta, y señaló hacia el interior.

Agata miró y vio andamios, escaleras y varios albañiles trabajando.

—Roto —repitió el policía—. Todo.

De nuevo había hablado alto, como si tuviera ante sí una persona sorda o que no entendiera el idioma. Agata se sintió molesta. Hubiese querido decirle que no hacía falta gritar.

—¿Hasta cuándo está cerrado?

El policía abrió los brazos, abrió la boca sin emitir sonido, cabeceó dubitativo y miró el cielo. Aquel conjunto de gestos significaba que Agata le estaba pidiendo demasiado.

—¿Quién lo sabe? —dijo por fin sin bajar el tono—. Dos días, tres, una semana.

—¿El correo atiende en algún otro lado?

—Éste es el correo.

—Pero no funciona.

—Cómo quiere que funcione, mi querida señora, si está todo roto.

—Entonces ¿cómo se hace para mandar una carta?

El policía volvió a mover los brazos y apuntó vagamente alrededor:

—Tiene que ir a otro pueblo.

Agata dio media vuelta y se fue diciéndose que algo no marchaba bien en la cabeza de aquel policía. Cuando estaba por cruzar la calle, un coche le frenó al lado. Era Silvana. Agata le explicó lo del correo.

—Vamos a Verbano —dijo Silvana.

Manejó muy rápido y en el trayecto casi no hablaron. Agata despachó la carta y cuando regresaban al coche Silvana dijo:

—Acabo de llegar de Coseno.

Por la forma en que se detuvo en seco, se puso las manos en los bolsillos y se quedó mirando la pared que tenía enfrente, Agata dedujo que las cosas no andaban bien. Pensó que comenzaba a conocerla.

—¿Algún problema?

Una semana antes no se hubiese animado a preguntar. Silvana la tomó de un brazo.

—Venga —dijo—, vamos a sentarnos.

Bajaron hacia la costa, entraron en una confitería casi vacía y fueron a ubicarse junto a la vidriera que daba al agua. En ese costado las mesas eran redondas y demasiado grandes para dos personas. Se habían sentado enfrentadas. Agata pidió un capuchino y Silvana un licor. Se veían algunos pescadores en la punta de un espigón y los patos subiendo y bajando con las olas. Silvana terminó rápido su licor y pidió otro. Esperó a que el mozo se lo trajera y se paró.

—Estamos demasiado lejos —dijo.

Se desplazó alrededor de la mesa y se ubicó junto a Agata. Tenía los ojos cansados. Se colocó un cigarrillo entre los labios, lo prendió sosteniendo el encendedor con ambas manos. Levantó la copa de licor, tomó un sorbo, volvió a depositarla sobre la mesa. Todo con movimientos lentos, como si le costase mucho esfuerzo. Cruzando la calle, un hombre y un chico enderezaban y trataban de apuntalar un retoño de árbol que el viento debió voltear durante la noche. Silvana comenzó a contar.

El día anterior, después de estar con Agata, había ido a Coseno. Quería hablar con Vito. Lo había estado pensando toda la noche. Sin embargo, cuando llegó a Coseno no fue a verlo enseguida. Bajó del transbordador y se quedó en un bar frente al embarcadero, después caminó, estuvo dando vueltas más de una hora. En una oportunidad llegó hasta la puerta de la casa pero siguió de largo y fue a sentarse en la estación de trenes. Por fin se decidió. Vito no la esperaba y se extrañó al verla. Ella dijo que había ido a conversar. Vito no preguntó sobre qué. Preparó café y se sentaron en el comedor, uno en cada extremo de la mesa. Ella no sabía cómo empezar. En general, cuando estaban juntos, era Vito el que hablaba. Si la veía demasiado callada, se ponía a indagar, preguntaba, le iba sacando una palabra, otra palabra, la obligaba a confesarse poco a poco. Pero ayer Vito no decía nada, no preguntaba. Por lo tanto le tocó a ella buscar argumentos y esforzarse por llenar el silencio. No le habló de Ada. Mencionó el encuentro con un par de conocidos. Daba rodeos. Quizá esperaba ayuda. Pero la ayuda no venía. Cada vez que se producía una nueva pausa, se decía que había llegado el momento de decir lo que había ido a decirle. Aunque después arrancaba con cualquier otra cosa. Y Vito siempre callado, escuchando, asintiendo con movimientos de cabeza o monosílabos. Atento, cuidadoso, respetuoso. Decía: sí, sí, claro. Nada más que eso. Su único comentario fue acerca de los cigarrillos. Se quejó de que estaba fumando mucho. Tanto que le parecía tener la cabeza llena de humo y que en esa nube las ideas le naufragaban. Lo dijo riendo, tratando de que ella compartiera lo gracioso de aquella imagen. Pasaba el tiempo. Anochecía. A través de la ventana, Silvana veía cómo se iban encendiendo las luces de las casas vecinas. Empezó a explicarle a Vito cómo se sentía realmente a esta altura de su vida. Habló de eso y de la incapacidad que existía en ella desde siempre. No era un tema nuevo. Habían estado hablando de lo mismo desde que se conocían. Ése era el territorio donde la amabilidad, la generosidad y la prédica entusiasta de Vito más se lucían. Ahora Vito callaba. Silvana seguía hablando, se confesaba y se esforzaba por describirse mucho peor de lo que era. Contó historias. Algunas tenían una base real, aunque ella las exageraba, las volvía sórdidas. Y todo el tiempo sentía que, en esos ensañamientos consigo misma, en ese intento por denigrarse, siempre era Vito el humillado. No importaba que él creyera o no en sus historias. Igual lo humillaban. Silvana terminó relatando cosas atroces. Ya estaban en la oscuridad y apenas se veían las caras. Vito se levantó, fue a la cocina y encendió la luz. Silvana podía ver su figura reflejada en el vidrio de la puerta que había quedado entreabierta. Estaba parado con un vaso en la mano y tomaba un sorbo y después otro y otro. Entre trago y trago se iba llevando algo a la boca. Silvana fue a ver qué pasaba y, cuando se asomó, Vito se había sentado en una silla. Estaba echado hacia atrás contra el respaldo, las piernas abiertas y estiradas, la mirada baja, un brazo abandonado sobre la mesa. En la mesa estaba el frasco vacío. Silvana le preguntó cuántas había tomado. No le contestó. Volvió a preguntarle: "¿Cuántas?". Entonces Vito la miró y sonrió apenas. Era como si hubiese envejecido de golpe. En sus ojos no había nada, sólo desamparo. Silvana sintió miedo ante ese vacío. "¿Cuántas?", preguntó por tercera vez. Pero él no contestaba y seguía mirándola con esos ojos y esa sonrisa. Entonces llamó una ambulancia.

39

Cuando Agata llegó al albergue le avisaron que durante el día habían tenido un corte de electricidad y que quizá hubiera otro por la noche. Así que le habían dejado una vela en la habitación. ¿Tenía fósforos? Le dieron una cajita. Fue al bar y pidió su té. Había más gente que de costumbre. Nadia estaba de buen humor, cantaba a media voz mientras se movía rápida entre las mesas.

—Tengo cosas para contarle. ¿Se queda un rato? —dijo.

—No mucho —dijo Agata—. Estoy cansada.

—¿Qué hizo hoy?

Agata le contestó que había caminado un poco.

—Camina, usted siempre camina —dijo Nadia, risueña.

—Sí —dijo Agata.

En una mesa cerca cuatro muchachos jugaban a las cartas. Varios miraban, parados alrededor. Como de costumbre, hacían mucho ruido. Agata los veía gesticular y reírse y pensaba en Silvana, en Vito y la historia de las pastillas. Se levantó, esperó que Nadia la mirara y la saludó con la mano.

—Mañana le cuento —gritó Nadia desde el otro lado del mostrador.

Agata sonrió y asintió con la cabeza.

Subió y colocó la vela y los fósforos sobre la mesita de luz.

Se acostó, prendió la vela y apagó el velador. Apoyó la cabeza sobre la almohada y fijó la mirada en la llama. Era agradable estar así, en la habitación en penumbra. Estaba cansada pero no quería dormir. Pensó que el viaje pronto llegaría a su fin y se formuló algunas preguntas sobre lo que había encontrado, sobre lo que se llevaría. Recordó la observación de Nadia, minutos antes, y se dijo que, efectivamente, en esas semanas no había parado de caminar y caminar. En la calma de la habitación, con las sombras provocadas por la vela moviéndose en el cielo raso y en las paredes, al repasar lo que había hecho, lo que había visto, siempre aparecía como telón de fondo el resonar obsesivo de sus pasos. Oía sus pasos pisando el empedrado, las hojas secas, el pedregullo, el asfalto, la tierra. Recordó la vez que fueron a la montaña y llegaron hasta aquel valle con el pueblito blanco. "¿Qué busca?", le había preguntado Silvana. Después, en un par de oportunidades, volvió a hacerle la misma pregunta. Agata no le había contestado. Todavía no hubiese podido hacerlo. No había nada claro en esos desplazamientos, salvo la necesidad de moverse. Indagar en cada calle, esforzarse por alcanzar otra curva y ver qué había detrás. Igual que allá arriba, avanzando a través de los bosques, Agata sentía que el movimiento le brindaba la ilusión de estar yendo a alguna parte. No había encontrado otro aliado. Caminar había sido la única manera de no resignarse, de no entregarse, de intentar forzar la realidad.

Sobre la mesa de luz la vela se estaba extinguiendo. La llama agonizaba. Parecía declinar definitivamente y, sin embargo, de pronto volvía a erguirse sobre sí misma. No quería sucumbir. Resistía. Vivía. Vivía hasta el final. Y hasta el final seguía siendo hermosa. Después sí comenzó a languidecer. Se redujo, se redujo. Era un pequeño corazón que se opacaba. Se iba. Se fue. Un delgado hilo de humo reemplazó a la llama y subió y fue como un suspiro final. Aún quedaba una minúscula brasa en el pabilo que permitía ver el humo. Luego ni siquiera eso. Nada. Pero, en la oscuridad, los ojos seguían viendo una ilusión de brasa. Y después todavía quedó el recuerdo de la brasa.

40

Al día siguiente, sábado, Agata y Silvana se encontraron para ir a caminar por el mercado que se armaba una vez por semana en aquella gran plaza frente al departamento de Elvira. Agata pensó que volverían a hablar de Vito. Quería hacer algunas preguntas y esperaba la oportunidad. Pero Silvana no tocó el tema y ella no se animó a mencionarlo. Después la atraparon la actividad y el colorido del mercado. Aquello era una fiesta y daba gusto andar entre los puestos y los gritos de los vendedores. Había de todo: comestibles, ropas, artesanías, flores, muebles, zapatos, relojes, antigüedades, pájaros. Se detenían acá y allá, conversaban con los puesteros, saboreaban un pedacito de queso, acariciaban una tela. Agata disfrutaba.

—Me compraría todo —decía.

Silvana la alentaba:

—Esto es bonito, está a buen precio. ¿Quiere llevarlo?

—Todavía no. Después volvemos.

Ya tenía los regalos para su regreso. También tenía uno para Carla. Le faltaba el de Silvana. Desde hacía varios días miraba vidrieras. Quería que fuese un lindo regalo, una cosa especial. Pensó que en el mercado quizá lo encontraría. De todos modos, si compraba estando Silvana presente se perdía la sorpresa. Así que decidió esperar.

Siguieron caminando y averiguando precios. Silvana se cruzaba con conocidos, se saludaban o se detenían para intercambiar un par de frases. Le presentó algunas amigas a Agata. Una se les unió. Agata oyó que preguntaba por Vito y Silvana contestó que lo vería esa tarde.

El mercado seguía por un tramo de calle que desembocaba en otra plaza, también llena de puestos. Agata se detuvo. Algo —una voz, la luz, el empedrado, una pared, no supo qué— le trajo a la memoria una escena de cuando era chica, y que había olvidado. La anécdota carecía de importancia, pero se sintió tentada de contarla por la sorpresa que le causaba haberla recuperado. Cierta vez, le dijo a Silvana y a la amiga, su padre y su padrino la habían llevado al parque de diversiones que se instalaba en esa plaza para las fiestas patronales. Había un puesto circular en cuyo centro se exhibían frascos con peces de colores. La gente arrojaba unas pelotitas blancas y los que embocaban en alguno de los frascos se llevaban un pez como premio. Logró que su padrino le pagara una jugada y fue tirando sus pelotas —eran seis— sin acertar. Después, resignada, sabiendo que no habría otra oportunidad, se quedó junto al puesto mirando cómo la gente probaba y probaba. No era fácil. Casi nadie acertaba. A su lado, una señora le pidió que tirara una pelota por ella, a ver si le traía suerte. Agata tiró, embocó, la señora dio un grito, aplaudió, la besó y se llevó su frasco con un pez rojo.

Agata señaló con el dedo:

—Fue justo ahí. Qué frustración.

La amiga de Silvana rió con ella. La historia le causó mucha gracia y volvió a mencionarla y a reírse cuando se despidió y se fue.

Ya habían dado una vuelta completa a las dos plazas cuando oyeron que alguien las llamaba. Era Toni. Agata no había vuelto a verlo después de aquella tarde de los hongos y la discusión con Carla. Tenía el mismo aire socarrón y el mismo entusiasmo en la voz. Dijo:

—¿Cómo están, muchachas?

Las invitó a tomar un café. Se sentaron en un bar que tenía mesas afuera. Desde ahí vieron cómo la gente abandonaba poco a poco el mercado, los vendedores comenzaban a guardar sus mercancías y los puestos se cerraban.

—Al final —dijo Silvana—, no compró nada.

—Igual me divertí —dijo Agata.

—Para compras consulte conmigo —dijo Toni—. Sé dónde están los mejores precios.

Pasó un coche con una bandera cruzada sobre el techo y dos muchachos asomados a las ventanillas y gritando:

—Tarni, Tarni.

Toni levantó una mano y los saludó. Se volvió hacia Agata:

—Señora, hoy hay partido, ¿no le gustaría ir?

—¿Adónde? —preguntó Agata sorprendida.

—A la cancha.

—Nunca fui a una cancha.

—Alguna vez tiene que ser la primera.

—No entiendo nada de fútbol.

—Es el equipo de su pueblo, tiene que verlo.

Agata, divertida, miró a Silvana.

—Jugamos contra Aduino, nuestros rivales eternos, no se lo puede perder —insistió Toni.

Agata movió la cabeza dubitativa.

—No sé —dijo.

Toni se dirigió a Silvana:

—Se van a entretener.

—¿Quiere? —preguntó Silvana.

Agata se encogió de hombros, todavía indecisa.

—Si quiere ir, yo la acompaño —dijo Silvana.

—Entonces vamos.

Silvana fue a buscar el coche.

Tuvieron que estacionar bastante lejos del estadio. Un policía cortaba el tránsito. Después caminaron entre gente muy apurada, algunos corrían. El frente de la cancha no había sufrido modificaciones. El mismo portón, las columnas para las banderas, las ventanillas de hierro. Todo estaba más o menos igual que antes. Sólo dos cabinas telefónicas contra el muro gris marcaban la diferencia de época. Había también tres grandes recipientes para residuos, con las inscripciones: *para vidrio, para latas, para papel.* La gente, amontonada frente a las ventanillas, protestaba y exigía que se apuraran con las entradas porque ya empezaba el partido. Toni hizo cola y discutió con alguien que quiso adelantársele. Por fin entraron. Había una sola tribuna, de cemento, en uno de los costados. Treparon unas gradas y se sentaron.

Agata miró el campo todavía vacío, el césped cuidado, y pensó en lo que había significado ese terreno para ellos, cuando los alemanes se habían instalado con sus tanques y sus cañones. Para el pueblo ésos fueron los peores días, con los rastrilleos, los fusilamientos, las escuelas que funcionaban como cárceles, llenas de hombres que después eran deportados a Alemania. Desde ese terreno los cañones disparaban hacia las montañas y alrededor temblaba todo.

Agata se sobresaltó. La gente se había parado y gritaba. En el campo de juego acababan de aparecer los jugadores. Toni estaba un escalón más abajo. Se dio vuelta e informó:

—Los de azul son los nuestros.

Agata asintió.

La gente se calmó. Los jugadores se distribuyeron de un lado y del otro del terreno y después sonó un silbato.

—Empezó —dijo Toni.

Agata volvió a asentir.

La pelota iba y venía, de vez en cuando se producía un encontronazo y un jugador o dos quedaban tendidos en el suelo durante un rato. Los otros intercambiaban manotazos y en la tribuna la gente se enfurecía.

A la izquierda de Agata se produjo un tumulto. Había un

grupo de pie, aislado del resto de los espectadores. No eran demasiados, pero hacían mucho ruido.

—La hinchada rival —informó Toni.

Había varios policías rodeándolos, no se sabía si para protegerlos o contenerlos. Se fueron tranquilizando, menos uno, que seguía de espaldas al campo e insultaba hacia la parte alta de la tribuna. Un policía lo tomó de un brazo, lo obligó a darse vuelta y le ordenó:

—Mire el juego.

Después, alrededor de Agata hubo más gritos y aplausos. Los jugadores de azul se abrazaban. Toni giró hacia la hinchada rival y, sin emitir palabra, les mostró el dedo índice y lo mantuvo en alto, en un gesto que evidentemente quería significar: uno. Se volvió hacia Agata:

—Vamos ganando.

Agata asintió.

—¿Cuál le gusta de los nuestros? —preguntó Toni.

Agata buscó con la mirada y señaló a un jugador:

—Ese muchacho de pelo largo.

—¿Por qué ése?

—Se parece a mi nieto.

Hubo un nuevo estallido y más abrazos.

—¿Gol? —preguntó Agata.

Toni giró otra vez hacia la hinchada de Aduino, levantó dos dedos y los mantuvo arriba, siempre sin hablar.

En la cancha seguían los encontronazos y las caídas. Agata estaba impresionada con tantos golpes. Toni, contento como un chico, bromeaba, se hacía el gracioso:

—¿Por qué se estarán peleando tanto por una pelota? ¿Por qué no le dan una pelota a cada uno y así se quedan tranquilos? ¿Verdad, señora?

—Claro —dijo Agata.

Después algo debió andar mal en el partido, porque en el término de minutos, en dos oportunidades, la gente pareció volverse loca, bramaba, sacudía la alambrada y algunos se trepaban. Agata nunca había oído insultar y blasfemar tanto. Detrás de ella, una mujer gritaba:

—Árbitro arruinafamilias.

Le resultó curioso el insulto y se dio vuelta para verle la cara.

Hacia la izquierda, en cambio, los de la hinchada rival habían comenzado a cantar. Parecían ignorar la amenaza que los rodeaba. Cantaban mirando el cielo, agrupados y solemnes, como entonando el himno.

Toni estaba junto a un hombre de lentes, alto y elegante, de sombrero, que hasta ese momento se había mantenido en calma. Ahora los dos se desgañitaban hombro con hombro y el elegante arrojaba el sombrero al piso, lo levantaba y lo volvía a tirar. Toni, la cara roja, los ojos extraviados, miró a Agata y dijo:

—Señora, los delincuentes más grandes de este mundo son los árbitros de fútbol.

—Sí —dijo Agata.

Inmediatamente los jugadores abandonaron el campo y Agata preguntó si el partido había terminado.

—El primer tiempo —dijo Silvana—. Pero si quiere podemos irnos.

Saludaron a Toni, que se mostró decepcionado por la deserción, compraron castañas asadas al pie de la tribuna y salieron del estadio.

—En mi época también era así —dijo Agata—. Desde mi casa se oían los gritos. Me acuerdo que cuando terminaban los partidos la gente se quedaba esperando que saliera el árbitro para lincharlo.

Tomaron hacia la derecha y pasaron por el terreno que separaba la cancha de fútbol del cementerio. En el medio, bajo los grandes árboles de hojas doradas, había un carromato y un cartel que anunciaba la próxima instalación de un circo. Ahí era donde se fusilaba al finalizar la guerra. Lo hacían junto al cementerio, para no tener que trasladar los cadáveres. El declive que en aquella época bajaba del camino al terreno había sido nivelado. Por ese declive empujaban a los hombres antes de dispararles.

Desembocaron en el acceso al puente de hierro. Comenzaron a cruzarlo y se detuvieron en la mitad. Ahí el río se ensanchaba y se aquietaba en un remanso donde el agua parecía inmóvil. Cincuenta metros más allá, superadas las piedras que formaban un dique de contención, se producía una cascada breve y recomenzaba la correntada. Había una liebre ahogada en aquel remanso. Flotaba de perfil, las patas delanteras encogidas y las traseras estiradas, en la actitud del salto. La liebre tenía la misma tonalidad rojiza de los bosques y era una mancha neta en aquel estanque color verde botella. Casi no se movía. Tardaría mucho en llegar a la cascada. Agata y Silvana la miraron durante un rato.

—A las seis cruzo a Coseno —dijo Silvana—. Me quedo hasta mañana. Vito ya está bien. Vaya preparando sus cosas. El lunes salimos para Venecia.

Agata tardó en hablar. Por fin dijo:

—¿Todavía querés ir?

—Seguro. ¿Usted no?

—Yo sí.

—Entonces vamos.

Agata esperó que Silvana siguiera informándole sobre Vito. Pero Silvana no volvió a hablar. Se trepó a la baranda del puente, se paró y se alejó de Agata, haciendo equilibrio con los brazos abiertos. Agata contuvo la respiración y apretó con fuerza los barrotes de la baranda. Silvana llegó hasta una de las gruesas vigas oblicuas, la abrazó y comenzó a subir. Pasó a otra viga que cruzaba la primera, después a otra y siguió trepando en zigzag. Alcanzó la parte superior del puente, se tomó con ambas manos de la última viga horizontal, separó el cuerpo y los pies del punto de apoyo y quedó colgando. "¿Qué hace?", se preguntó Agata. No se animaba a moverse, no se animaba a hablar, estaba paralizada. Pasaron los segundos y Silvana seguía allá arriba, quieta, colgada de sus brazos, una mancha clara entre la estructura negra del puente. Había mucha calma alrededor, en los bosques, en la monotonía del agua. Agata hubiese querido gritarle que bajara. Pero tenía miedo. Le parecía que, en tanta paz, cualquier señal de desorden, inclusive su voz, hubiese alterado el equilibrio en que se apoyaba la seguridad de Silvana. Seguía apretando los barrotes oxidados y enviaba hacia arriba órdenes mentales. "Basta, basta, ¿hasta cuándo vas a resistir?". Por fin, una de las piernas de Silvana se separó de la otra, tanteó y encontró dónde apoyarse. Silvana se deslizó hacia la viga oblicua y comenzó a bajar. Pisó la baranda en el mismo punto donde había comenzado el ascenso y vino hacia el centro del puente con los brazos abiertos. Saltó al piso y se colocó junto a Agata.

—¿Por qué hiciste eso? —preguntó Agata.

Silvana no contestó y de nuevo se pusieron a mirar el agua. La liebre seguía en el mismo sitio. Después Silvana dijo:

—Me parece que nunca voy a poder perdonarle a Vito lo que me hizo. Sobre todo que haya tomado las pastillas estando yo ahí.

En el puente ya no daba el sol y a Agata le pareció que el silencio se había agrandado todavía más. Ahora su atención estaba dividida entre las recientes palabras de Silvana y el movimiento de la liebre que, muy despacio, había comenzado a girar sobre sí misma.

41

Silvana frenó frente al embarcadero viejo, salió del coche, dio la vuelta y ayudó a Agata a bajar.

—Mañana paso por el albergue a la hora de la cena —dijo.

Arrancó, saludó sacando un brazo por la ventanilla y partió hacia el embarcadero nuevo. Desde donde estaba, Agata podía ver el transbordador y los coches encolumnados que desfilaban por la planchada de acceso. Se quedó ahí hasta que el trasbordador se separó del muelle y comenzó a alejarse, lento, con las luces prendidas. Entonces pensó que no lo había tomado una sola vez y sintió que a su viaje le faltaba algo: una travesía del lago. Mientras caminaba y se detenía en las vidrieras de los negocios, la acompañó la molestia de esa carencia. Todavía estaba a tiempo de hacerlo, le quedaba el domingo. Le resultó curioso pensar que finalmente tendría que hacer sola el cruce a Coseno.

Era anochecer de sábado y el pueblo entero había salido a la calle. Las confiterías estaban llenas. Grupos ruidosos de muchachas y muchachos iban y venían o permanecían detenidos en las plazas y en los cruces. Se gritaban cosas al pasar, intercambiaban manotazos amistosos, bromeaban. A Agata le agradó moverse sin prisa entre la multitud, dejarse llevar por las callejuelas céntricas, siguiendo la corriente, el recorrido obligado que en los días de fiesta, desde sus años de juventud y todavía al cabo de varias generaciones, no se había alterado. Se dijo que cuando se cansase de caminar elegiría una mesa con buena vista y se sentaría a tomar un café.

En una de las calles descubrió a un muchacho negro apoyado contra la pared. Era alto y flaco. A su lado, en el suelo, sobre el empedrado, había colocado una loneta con sus productos expuestos para la venta: collares, caballitos de madera y cajas con incrustaciones de nácar. Pero no los ofrecía, no hablaba. Miraba al frente, sin pestañear, sin cambiar de posición, como si no viera la multitud que iba y venía. Tampoco los que paseaban miraban al muchacho negro. Agata se detuvo y pensó que ahí, quieto, oscuro, en medio de aquel desfilar de gente, resultaba muy visible. Era un pensamiento extraño, pero mientras estuvo parada y observándolo no pudo dejar de considerar lo diferente, lo evidente que resultaba aquel negro en la calle estrecha, en la despreocupación del anochecer del sábado, entre los grupos de jóvenes ruidosos y bien vestidos. Y esas consideraciones resonaban en ella como una señal de alerta, la presencia de un peligro.

A sus espaldas había una confitería cuya puerta se abría y se cerraba todo el tiempo. Un muchacho corrió detrás de una chica, la atrapó, la besó mientras ella, divertida, chillaba y se defendía, y el grupo que los acompañaba no paraba de saltar alrededor, alentando y aplaudiendo. Pasó un matrimonio joven con un nene que ensayaba los primeros pasos. Pasó una pareja mayor ataviada como para un casamiento. Pasó un hombre sujetando un gran perro.

Después, desde alguna parte salió disparado un cigarrillo encendido, cruzó el aire, golpeó en la cara del negro y cayó sobre la loneta. Agata miró hacia su derecha porque le pareció que había partido desde ahí. Pero no vio ni oyó nada particular. Ningún movimiento, ninguna risa o comentario o elogio sobre la buena puntería. La calle seguía igual que antes. En el muchacho negro no hubo reacción, ni siquiera buscó alrededor con la mirada. Era como si hubiese estado preparado de antemano para asimilar la agresión. Vio que la colilla había caído entre sus cosas, se agachó y con la punta de los dedos la golpeó un par de veces y la barrió fuera de la loneta. Tampoco sus gestos revelaban desconcierto o intranquilidad. Quitó la colilla como quien quita una hoja seca, un pedazo de papel, una pequeña basura traída por el viento. Luego volvió a enderezarse y a mirar al frente, con la misma actitud distante, la misma mansedumbre en los ojos, que hacía pensar en resignación o en una gran paciencia.

Agata se quedó donde estaba, esperando, espiando alrededor. No vio más que lo que había visto. Pero la asaltó la molesta sensación de que aquel desfilar lento, la gente deteniéndose en las vidrieras y saludándose, las risas y la euforia juveniles, eran en realidad un simulacro. Como si se estuviese llevando a cabo una ceremonia en la que intervenía el pueblo entero, y cuyo punto de convergencia era esa pared, y contra la pared ese muchacho negro y su loneta con la mercancía expuesta. Y que la aparente indiferencia, aquel pasar sin ver, aquel ignorar, ponían todavía más en evidencia al que estaba solo y tenía otro color de piel y seguramente hablaba otra lengua.

Esperó todavía, pero no pasó nada más. Siguió caminando. Se detuvo y se dio vuelta un par de veces. Mientras se alejaba trataba de convencerse de que había sido una agresión sin importancia, la broma de algún muchacho luciéndose ante los compañeros, una prepotencia mínima amparada en el anonimato.

La calle desembocaba en una plaza empedrada. Más allá estaba la avenida costanera y el lago. Agata se dijo que era hora de tomar su café y se puso a pensar en cuál de las confiterías se sentaría. Optó por una donde ya había ido con Silvana, del otro lado de la plaza, bajo una arcada donde parpadeaba un letrero luminoso rojo.

Entonces oyó voces a sus espaldas. Se dio vuelta y vio al negro que avanzaba corriendo, esquivando gente. Detrás, venían tres, cuatro, cinco muchachos persiguiéndolo. Uno estaba muy cerca y alcanzó a manotearle la campera. El negro, esforzándose por liberarse, dio un giro completo sobre sí mismo, y el otro, arrastrado, se fue al piso y lo soltó. Alguien gritó. Una voz de mujer. El negro encaró por la plaza, alcanzó la avenida y la cruzó viboreando entre los coches. Se oyeron varias frenadas. Los que lo perseguían se abrieron en abanico, para obligarlo a dirigirse hacia el agua. El fugitivo amagó a la derecha y luego a la izquierda, vio que tenía ambos caminos cerrados, siguió hacia la balaustrada, pegó un salto y quedó parado arriba, sobre uno de los pilares de cemento. Permaneció ahí, flaco y oscuro contra la negrura del lago, los brazos abiertos, manteniendo el equilibrio. Parecía un pájaro de patas largas. Todavía giró una vez la cabeza para ver a sus perseguidores que ahora se cerraban hacia ese solo punto y ya lo estaban alcanzando. Entonces se zambulló.

Todo había ocurrido casi en silencio. Salvo el de la mujer, no hubo otros gritos, ni insultos, ni llamados, ni órdenes. Al cabo de la estampida breve, quedó en el aire la sensación de que algo molesto acababa de suceder. Pero nada más que eso. Había sido como una rapidísima escena de una película muda que se hubiese filtrado en la placidez del anochecer del sábado, sin contaminarla, sin alterarla. Un relámpago en un cielo sereno, un cuadro que cae en una sala de objetos en reposo.

Todo el mundo se dirigió hacia la orilla. También Agata cruzó la avenida y se asomó a la baranda sobre el agua. Vio al negro que nadaba hacia adentro. No estaba lejos, a unos treinta o cuarenta metros. Dejó de bracear, giró y miró a la gente. Volvió a nadar y siguió alejándose. Otra vez se detuvo y ahora estaba en el límite de la zona de luz proyectada por los faroles de la costa.

El grupo de curiosos se agrandaba. Algunos recién llegados, que no habían visto nada, hacían preguntas. Alguien informaba y señalaba hacia el agua:

—Allá está. Un negro.

—Lo veo.

—¿Qué hizo? ¿Robó?

Junto a Agata, un hombre gordo, en voz alta y tono divertido, comentó:

—No es nada, no pasó nada, los muchachos sólo se entretienen, toman un poco de cerveza y les da por divertirse.

Agata no supo si hablaba en serio o si ironizaba. Aquel discurso le recordó a Toni.

Durante un rato la gente miró hacia el agua con una curiosidad distante. Después se fue retirando y volvió al paseo y a las confiterías. El negro no había cambiado de lugar. Sólo movía los brazos para mantenerse a flote. Era un bulto oscuro que subía y bajaba en el oleaje. Agata se preguntó qué vería, qué sentiría ese muchacho ahí, en la noche, con las luces del pueblo frente a él, con la gente mirando desde arriba como en un palco de teatro. Qué pasaría por su cabeza de inmigrado, de desterrado. Un muchacho negro, venido desde lejos, desde los cálidos países africanos, solo en una fría región del norte, entre montañas, expulsado del mundo, excluido de la solidaridad, buscando refugio en el agua helada de un lago para huir de la violencia.

Después el negro empezó a nadar de nuevo, se alejó más, pareció que se desplazaba paralelo a la costa, se fue perdiendo, desapareció. Los pocos que aún permanecían apoyados al parapeto se dispersaron. Agata se quedó, tratando de distinguir algo. Pero ya no vio nada más. Frente a ella tenía la gran noche cerrada del lago y al fondo, en la otra orilla, la mancha de Coseno que brillaba en la negrura como un puñado de piedras preciosas.

42

Antes del mediodía Agata se dirigió a la casa de Carla. Habían quedado en almorzar juntas. Tina no estaba, por lo tanto Agata se encargó de cocinar. Le gustó adueñarse durante un rato de la cocina de su amiga. Puso la mesa, sirvió y se ubicaron frente a frente. El almuerzo era una ceremonia de despedida, pero no hablaron de eso. Charlaron sobre el viaje de Agata a Venecia. También sobre Silvana y aquella situación con Vito que no se terminaba de definir. Agata se dio cuenta de que ése era un terreno en el que Carla se movía con cautela, se notaba que la preocupaba.

—Lo que más deseo en la vida es verlos juntos. No pido otra cosa —dijo.

Agata ignoraba si estaba enterada de lo que había sucedido en los últimos días y no lo mencionó. Le preguntó:

—¿Cómo es Vito?

Carla tardó en volver a hablar. Después solamente dijo:

—Para mí son un misterio.

Agata levantó la mesa y se puso a lavar los platos. Carla trató de impedírselo, protestó:

—Tina llega en cualquier momento.

Agata no le hizo caso:

—Son dos minutos.

—Cuando estés en la Argentina te vas a acordar de que lo último que hiciste en mi casa fue lavar los platos —se lamentó Carla.

Tina apareció cuando estaba terminando y les preparó café. Agata miró la hora y comentó que quería ir a ver su casa.

—Quedáte un poco más—dijo Carla—. Tenés tiempo.

—Mientras voy y vuelvo se va a hacer noche, camino despacio.

Agata se colocó su abrigo y Carla insistió en pararse y acompañarla hasta la puerta.

—Aunque se vayan temprano, mañana pasen a saludarme —dijo.

—Claro que pasamos.

—De todos modos —ahora Carla sonreía y apretaba con fuerza el brazo de Agata—, hoy o mañana, quiero que nos despidamos así nomás, muy sencillamente, porque estoy segura de que nos volveremos a ver.

Era un domingo plácido y destemplado, sin gente en la calle a esa hora. El cielo estaba cubierto. Agata no eligió el camino de atrás, por donde había ido con Silvana el primer día y después a rescatar el tesoro. Tomó por la calle ancha y recién después del orfanato y algunas construcciones nuevas que tapaban la vista pudo ver la casa sobre la loma. Había pasado varias veces por ahí, con Silvana, pero siempre en coche.

Ahora avanzaba por la vereda opuesta a la subida hacia la casa. Cuando llegó a la altura de los escalones de piedra se detuvo para cruzar. Los escalones, el pilar y un par de metros de muro a cada costado —piedras ennegrecidas, arbustos en las grietas— eran de las pocas cosas que no habían cambiado en ese tramo de la calle. En el pilar todavía quedaba el cuadrado de mármol con el número: 77. La pata del segundo siete se había borrado. Desde donde Agata estaba no se veía la casa. Apareció un chico, arriba, en el sendero. Bajó saltando y se sentó en el primer escalón. Aquella presencia la frenó. Fue como si el chico hubiese tomado posesión del lugar, excluyéndola. No quería cruzar con ese testigo ahí, deseaba estar sola cuando se acercara a los escalones. El chico se metió un dedo en la nariz, sacó algo del bolsillo —una pastilla, un chicle—, y se lo llevó a la boca. Agata decidió esperar a que se fuera. ¿En cuál de las casas de allá arriba viviría? Pasaron algunos minutos. No se veía a nadie más, estaban solos, enfrentados, uno en cada vereda. De tanto en tanto aparecía un coche y la cabeza del chico giraba de un lado al otro y a veces sus ojos se detenían en Agata. En el cielo apareció una avioneta, ambos siguieron sus evoluciones y, cuando el zumbido se esfumó, el chico volvió a mirarla. ¿Qué pensaría de esa anciana detenida del otro lado de la calle? Las nubes se abrieron y un golpe de luz iluminó las ramas, el muro y los escalones. Agata seguía esperando. ¿Va a quedarse todo el día sentado ahí? Después en el sendero apareció una chica, un poco mayor, bajó y ambos se fueron por la calle ancha hacia el pueblo. Tal vez el chico hizo algún comentario, porque Agata los vio darse vuelta una vez para mirarla.

Esperó que se alejaran aún más y entonces cruzó. Tocó la pared y deslizó los dedos por las piedras. Había subido y bajado esos escalones durante casi cuarenta años: de niña, de adolescente, de mujer. Para ir y volver del colegio, de la fábrica, para ir a casarse, para huir del toque de queda. La última vez para partir a América. Ahora, en esta tarde de domingo, a punto de irse de nuevo, quiso subirlos y bajarlos una vez más. Se paró en el primer escalón, pasó al segundo, al tercero. Juntaba los pies en cada uno. Cuatro, cinco, seis, siete, ocho, nueve. Eran nueve. También aquel ritual le devolvía un viejo sabor familiar. Era como si sus piernas hubiesen conservado, al cabo de tanto tiempo, la memoria y la medida exacta de la distancia entre escalón y escalón. Cuando alcanzó el último se dio vuelta y, sin transición, empezó a bajar, lenta, cuidadosa. Pisó la vereda y subió de nuevo: uno, dos, tres, cuatro, cinco. Se demoró unos minutos arriba, para descansar. Miró hacia el fondo de la calle que llevaba al pueblo y otra vez la golpearon los recuerdos. Vio a Mario en la bicicleta nueva, a los chicos regresando del colegio, las banderas de los partisanos el día de la liberación. Hubiese podido quedarse toda la tarde recuperando y recuperando.

Siguió por el sendero, pasó frente a una casa nueva y a otra de su época que con las refacciones estaba irreconocible. No pudo avanzar más. A su lado, casi tocándola, asomándose entre los ligustros y el alambrado, apareció la cabeza de un perro. Al principio no ladró, emitía gemidos desesperados y todo su esfuerzo estaba dedicado a empujar y a tratar de salir. Era un animal enorme, negro, la cabeza tan grande como la de un ternero crecido. El cerco temblaba. Agata retrocedió, dio media vuelta y regresó hacia los escalones. Entonces el perro ladró. Seguía ladrando cuando ella llegó a la calle. Agata permaneció unos minutos con la espalda apoyada en el muro, para reponerse del susto. Después buscó un lugar desde donde, aunque fuese de lejos, pudiese mirar la casa.

Caminó un trecho corto, calle abajo, bordeando un cerco de alambre tejido. En su época toda esa zona era terreno abierto y en el invierno, por la pendiente que bajaba desde la casa, se deslizaban los trineos. Ahora ya casi no se veían espacios libres. Apenas una cuña de tierra con un huerto descuidado, un manzano, un laurel, ropa tendida. Había un feo edificio de cuatro pisos, color ladrillo sucio. Y detrás otras construcciones del mismo estilo. En el declive, muritos de piedra, escalonados, para aprovechar las partes planas. No alcanzaba a distinguir qué habían sembrado en esos escalones. Y allá arriba estaba su casa. En las paredes, revocadas, sin pintura, se veían grandes manchas oscuras. Las persianas estaban pintadas de marrón, igual que el alero del techo. Los marcos de las ventanas, color crema. Detrás de los vidrios cerrados se adivinaban cortinas blancas. Sobre el techo, plateada, una antena de televisión. En el frente, las ramas sin hojas de una planta de caquis, cargadas de frutos anaranjados, tocaban la baranda de hierro del balcón. Viéndola desde abajo, la casa aparecía todavía más oprimida por las dos construcciones que la flanqueaban, la superaban en altura y le quitaban espacio y luz. Agata se quedó ahí, con los dedos de una mano enganchados en el alambrado, mientras detrás de ella aparecían, crecían y luego se perdían los motores. De cuando en cuando cerraba los ojos unos segundos y los volvía a abrir para comprobar si había grabado bien la imagen. Después ya no los cerró. Los mantuvo fijos hasta que se le nublaron y entonces sólo existieron la casa y ella. Y comenzó a ver la casa como era en el momento de partir, y antes todavía, cuando ella era joven, cuando era una nena. En la figura clara de la casa hubo un parpadeo y allá arriba las ventanas se poblaron de fantasmas. Entonces la casa le habló. Agata se esforzó por identificar la voz. Se quedó quieta, sin moverse, sin distraerse, por temor a que la visión y la voz se esfumaran. Al principio fue un murmullo tenue y confuso. Pero después fue creciendo y se impuso a todo. Lo que surgía de la casa era un llamado en el que había cansancio y cosas distantes y nostalgias. Agata prestaba atención. Aquella voz se parecía a la suya. Sintió que era el corazón de la casa el que le hablaba. Y el corazón de la casa estaba amasado con tantas cosas: nacimientos, muertes, tribulaciones, miedo de los años de guerra. Y trabajo, trabajo: el de sus abuelos, el de su padre, el suyo, el de Mario. Todo eso era la casa. En la tarde de domingo, no hubo más que esa voz. Y entonces Agata percibió que en el largo y uniforme discurso de la casa había, además, un reclamo. Era como si la casa albergara una queja por el abandono de años y años a que había sido sometida. Ahora Agata la estaba percibiendo como un ser vivo que había sufrido abandono y olvido. Entonces sintió pena por la casa y por sí misma.

Hubo un silencio que fue como una señal de despedida y otros llamados llenaron el aire quieto de las montañas. Allá arriba, detrás de aquellas ventanas, resonaban otras historias, vivía gente que ignoraba la existencia de ese viejo corazón de la casa. Agata se quedó un tiempo largo mirando hacia la cima de la loma, mientras los motores seguían pasando y pasando a sus espaldas. En las ramas de la planta de caquis se movían algunos pájaros oscuros. Después Agata regresó hasta los escalones y se sentó a descansar en el primero, igual que el chico un rato antes.

43

Agata dejó los escalones, se fue calle arriba y descubrió el manantial donde iban a cargar los baldes cuando todavía no tenían agua en la casa. Ahí fue donde su hermano Carlo, una noche, creyó ver a su madre muerta. Todavía estaban el pilar gris y el caño de hierro, junto a la pared de una construcción refaccionada y convertida en bar. Pero ya no salía agua. Vaya a saber por qué habían respetado el pilar. Agata tocó la piedra y el metal y después dio la vuelta a la esquina del bar y tomó por una calle que viboreaba entre dos muros bajos. Desembocó en una plaza rodeada por edificios de tres y cuatro pisos, cuadrados y sucios, con ropas colgadas en los balcones. Entonces recordó la hostería con pista al aire libre, donde iba los domingos con su padre y su madrina Elsa, y donde una prima le había enseñado los primeros pasos de baile. No quedaban rastros de la hostería. Siguió subiendo hacia Tersaso y, cuando alcanzó las primeras casas, dobló y bajó hacia el San Giorgio. El sol ya había caído detrás del Monte Rosso y pronto comenzaría a oscurecer. Bordeó un largo terreno que no tenía muro ni alambrado. Más allá de las vides se veía la casa blanca. En el terreno, cerca del camino, una mujer apilaba hojas y ramas secas utilizando una horquilla. Tenía pañuelo en la cabeza. Colgada de la cintura llevaba una vaina de cuero con una piedra de afilar. Apoyados contra un tronco había una guadaña y un rastrillo. Cuando la vio acercarse, la mujer interrumpió el trabajo y la saludó. Agata contestó y fue como si se saludara a sí misma. Se detuvo. La mujer siguió apilando. Pasó el rastrillo y terminó de limpiar el terreno alrededor. Metió una mano en el bolsillo, sacó una caja de fósforos, prendió uno, lo acercó a las hojas secas y hubo humo y una pequeña llama. La mujer estaba acuclillada y así permaneció, espiando el fuego. Ahora su figura tenía la actitud reverente de alguien que espera un milagro. Agata se acercó más y se sentó sobre una piedra. El fuego crecía y Agata sintió que acababa de reencontrarse con una ceremonia a la que estaba atada desde siempre. Le bastaba forzar un poco la memoria para detectar un vasto mapa de fogatas a lo largo de su historia. En el atardecer de Tarni, en ese camino solitario, volvía a sorprenderse y a exaltarse como si fuese la primera vez. Frente a ella, el fuego, que ya llenaba el aire, sostenía un monólogo que Agata reconocía. El fuego era puro movimiento. Y Agata no era más que sus ojos y el calor de su piel. Así se habían entendido siempre. Rodeada por el silencio y la sombra de las montañas, suspendida en esa hora incierta, a Agata le parecía que ella y el fuego estaban lejos, en ninguna parte. Pero también, al mismo tiempo, se sentía en casa, reposando después de una larga ausencia. La presencia del fuego, el crepitar del fuego, eran como una caricia de cosas inocentes, un regreso a los comienzos, al lejanísimo albergue de todo nacimiento. Y en alguna parte de sí misma Agata comenzó a sentirse renovada y dispuesta, como una hoja en blanco, donde todavía había palabras que podían ser escritas, aventuras que podían iniciarse. Supo, como tantas otras veces, que cuando todo parecía haber sido dicho aún quedaban posibilidades. Y que siempre era bueno regresar a ese origen que el fuego le sugería. Era bueno, muy bueno, volver a sentarse ante la llama y abandonarse a su movimiento y su calor. Ahora, postergadas por un momento toda pena y toda duda, se sentía en paz. Podía ver cómo culminaba otro ciclo, con el día que se estaba yendo, con el viaje que llegaba a su fin. Y también intuir cómo se iba conformando el ciclo nuevo que ya comenzaba, que se proyectaba en los días futuros, con su carga de confusiones y promesas. Estaba todo ahí, lo que ella había sido, lo que había dejado en el camino, lo que poseía, lo que todavía deseaba. Sentada sobre una piedra, las manos en el regazo, en el atardecer de ese valle, frente a esa llama sin tiempo, Agata descansaba.

44

Cuando llegó al centro del pueblo y pasó frente a la iglesia ya era de noche. Casi no se veía gente. Dos muchachos y una chica permanecían parados en un ángulo de la plazoleta, en la zona más oscura. Fumaban pasándose el cigarrillo y tenían aspecto de personas que estuviesen conspirando. En el otro extremo, en un bar, los pocos clientes miraban hacia arriba y en la misma dirección, seguramente a la pantalla de un televisor. Agata bajó hacia el lago, pero no por la calle central, que era el camino más directo y donde estaban los principales negocios. Se desvió por las callejuelas laterales y fue dando rodeos, consciente de que ahora, cada imagen con la que se enfrentaba, la estaba viendo por última vez. Iba mirando con mucha atención, interrumpía la caminata, se despedía.

Se detuvo una vez más al oír que alguien cantaba. En la soledad de la callejuela vacía, donde no resonaba otro rumor que el eco de sus pasos, alguien cantaba. Era una voz gruesa, pastosa y pese a todo dulce, seguramente de un viejo. Venía desde una ventana entreabierta y enrejada. Agata se acercó. Adentro estaba oscuro. La canción era una de aquellas que los hombres entonaban a coro cuando Agata era joven. La voz repetía todo el tiempo las mismas dos estrofas, esforzándose por afinar:

Le pedía a los pajaritos que no cantasen
porque la bella debía dormir

El farol estaba casi encima de Agata. Alrededor, las lajas del piso brillaban. En la pared de enfrente había una placa de mármol con el nombre de la calle: *Via del Falegname.* A continuación, un balcón cargado de flores y un arco de piedra que daba a un espacio abierto que podía ser una plazoleta o un patio, con una fuente sin agua en el medio.

Se quedó un rato parada ahí. Era como si estuviese robando. También era como si, desde aquella casa, desde la oscuridad, cantaran para ella. Se sintió agradecida. Cuando se alejó, aquella voz seguía intentando. Se despidió también de la voz.

Desembocó en la explanada del lago, a la altura del puerto. Cruzó y se asomó al parapeto. Junto a ella había una escalinata que bajaba. Las olas, breves, silenciosas, lamían los últimos escalones. Recordó al muchacho negro de la noche anterior, la cabeza sobre la superficie, entrando y saliendo de la luz, apareciendo y desapareciendo con el movimiento del agua. ¿Dónde estaría? ¿Por dónde habría salido? ¿Habría salido?

Agata vio la fuga de luces opacadas por la bruma que marcaban la costa, vio una vez más un transbordador que llegaba y otro que se iba, el perfil de las cumbres contra el cielo sin estrellas, y cerró los ojos. Los abrió, los cerró y los volvió a abrir varias veces, como lo había hecho con la casa, ahora para fijar estas imágenes de su última noche en Tarni. Y cuando creyó que las había apresado se dedicó simplemente a contemplarlas. Pensó que así las recordaría: tiernas, trágicas y difusas. Nada más que un temblor sobre la línea incierta de la memoria. Apenas un temblor.

Pero eso sería después. Mucho después. Después de Venecia, de Roma. Después de abordar el avión y volar otra vez sobre el océano. Cuando estuviese de nuevo en la Argentina, junto a los suyos, y los días volviesen a sucederse a los días en la calma de aquel pueblo de llanura. Y ella tratara de recuperar desde allá la patria que por segunda vez había perdido acá.

Esta edición de 2.000 ejemplares
se terminó de imprimir en
Encuadernación Araoz S.R.L.,
Avda. San Martín 1265, Ramos Mejía, Bs. As.,
en el mes de junio de 2007.